Anonymous

Johanna Benno

Ein ritterliches Trauerspiel in fünf Aufzügen

Anonymous

Johanna Benno
Ein ritterliches Trauerspiel in fünf Aufzügen

ISBN/EAN: 9783743655539

Hergestellt in Europa, USA, Kanada, Australien, Japan

Cover: Foto ©Andreas Hilbeck / pixelio.de

Weitere Bücher finden Sie auf **www.hansebooks.com**

Personen.

Johanna Benno.

Gertraud, ihre Vertraute.

Agnes, Tochter des Grafen Eberhard.

Clotilde, ihre Vertraute.

Ubald, Bundshauptmann des berühmten
               Löwenbundes.

Graf Eberhard.

Benno, ein alter Ritter und Vater der Johanna.

Weislinger, Ritter und Vertrauter des Ubald.

Gundelfinger, Ritter an Eberhards Hofe.

Ein Schildknappe.

Ein vorüberziehender fremder Ritter, mit seinen
          Schildknappen und Knechten,

Ein Wundarzt.

Hans, ein junger Bauer.

Michel, ein junger Bauer.

Kätchen, eine Dienstmagd.

Geist des Ubald.

Geist der Johanna.

Gefolge des Grafen. Ritter. Marschälle.
        Frauenvolk.

Die Handlung ist in Schwaben, im Jahr 1362.
   und die Geschichte findet man in den
     Biographien der Selbstmörder.

Erster Aufzug.

Erster Auftritt.

Zimmer der Johanna.
Johanna. Gertraud.

Gertraud.

Es ist umsonst, liebe Johanna. -- Deine angenommene Munterkeit täuscht mich nicht. -- Du hegst im Innersten deines Herzens einen Gram, der dich verzehrt.

Johanna.

Nicht doch, meine Theuerste! ach! nicht doch!

Gertraud.

Nicht doch? und selbst dies: Nicht doch mit einem Seufzer begleitet? O diese düsterne Gesichtszüge, dieser bange herumirrende Blick -- O! dies alles ist nicht umsonst da. --

Johanna.

Und wenn es nun seine Ursache hätte! Was dann?

Ger-

Gertraud.

O dann, Mittheilung derselben! Ergießung deines Grams in meinen dich liebenden Busen! War ich nicht immer mehr deine Freundinn als Aufseherinn? War es nicht Wollust für mich, jeden deiner kleinsten Wünsche zu errathen und zu gewähren? Hast du je etwas von mir vergebens begehrt? — Oder habe ich je mein Ansehen und dein Vertrauen gemißbraucht? —

Johanna.

Nie! nie! Nur lasse mich jetzt.

Gertraud.

Nie weniger als eben jetzt! Ich will dich mit Fragen entkräften, und damit anhalten, bis ich deinen Eigensinn überwunden habe.

Johanna.

Und wenn ich ihn nun selbst überwände, würden dann meine Wünsche Erhörung finden?

Gertraud.

In jedem Billigen gewiß: und was Unbilliges wird die edle Benno nicht begehren.

Johanna.

So recht, das genügt mir! Wisse dann, beste, einzige Freundinn, meine nur noch übrig gebliebene Mutter, wisse dann (die Augen auf

zwey

zwey Sekunden niederschlagend) Ich liebe — (bisher hat Johanna schmeichelnd gesprochen, nun fährt sie mit Wärme fort) liebe Ubald, diesen liebenswürdigen Ritter, mit dem du selbst mich bekannt machtest — Und auch er glüht für mich. Liebe sagte ich ihm zu, und ich halte sie.

Gertraud.

Was sagst du? — ist es möglich?

Johanna.

Frag lieber, ob es das Gegentheil sey! — Ihn sehen und ihn lieben, war das Werk einer Minute. Was sag ich? Einer Minute. O nein! Einer Sekunde! Einer Sekund-Sekunde! — Selbst wenn er kein Wort gesprochen, wäre ihm mein Herz anheim gefallen; und jetzt, jetzt ist es fest, fester als mit diamantenen Ketten an ihn gebunden — Jetzt ist es heiliger als Glaubenspflichten bey mir beschlossen: Nur er, oder nie ein Sterblicher soll mein Gemahl werden.

Gertraud.

Johanna, liebe Johanna!

Johanna.

Liebe Freundinn, keine Widersprüche — Sie sind Saamkörner, auf Felsen verstreuet. Ach! was Ubald aussäete, traf ein gutes Land. — Ich

fühle es, ohne ihn würde ich nie lieben können,
würde die Elendeste aller Elenden glücklich gegen
mich zu nennen seyn. Wohin ich nur blicke,
erblicke ich ihn; so oft ich nur denke, denke ich
mir ihn; so oft ich nur rede, möchte ich laut den
Namen Ubald ausrufen — O Ubald! Ubald.

Gertraud.

Aber was willst du?

Johanna.

Dich bey allem, was dir werth und heilig
ist, bey deiner zärtlichen Mutterliebe, bey meiner
kindlichen Ergebenheit, bey dem Urquell aller Liebe
beschwören, mir auch deinen Beystand zuzusagen,
indem diese Liebe, wie du wohl siehst, meine Ehre
nicht befleckt. — Das bitte und fodre ich von dir.

Gertraud.

Lasse mich wenigstens zu Worte kommen,
beste Johanna! Zwar erstaune ich allerdings über
eine so heftige Liebe gegen einen unbekannten,
kaum einmal von dir gesehenen Ritter. Doch
kenne ich diese Art von Leidenschaft schon: je
schneller, desto heftiger, jedoch zum Glück auch
desto kürzer dauernd.

Johanna.

Elende, trügliche Kenntniß! Hast du mein
Herz

Herz noch nicht beſſer geprüft? Weißt du nicht,
daß es eben ſo ſtandhaft ausdauert, als ſchnell
es wählt? — Habe ich je unter den Tauſenden,
die ich ſah, einen geliebt, nur einen wenigſtens
mit Wärme erhoben? — O nein! Nur Ubald
muß man ſeyn, um mir zu gefallen, um mich auf
immer, immer zu feſſeln.

Gertraud.

Die wahre Liebe mit allen ihren Täuſchun-
gen! Sie gibt Schattenbildern einen Körper, ver-
ſtopft die Ohren der Jugend vor Vernunft und
Warnung, und — —

Johanna. (verdrüßlich)

Und — und! — keine Sentenzen, Gertraud!
— deine Mithülfe, nicht deinen Rath, fleh ich
jetzt an.

Gertraud.

Aber ſtellſt du dir denn die Heurath eines
fremden Ritters als eine ſo ganz leichte Sache
vor, daß man nicht erſt Vater und Freunde um
Rath befragen, nicht erſt ſich ſelber unterſuchen
müſſe, aus welchem Grunde man liebe?

Johanna.

Kann ich das wiſſen, beſte Mutter? —
Würde Liebe wohl Liebe bleiben, ſo bald ſie auf

Ver-

Vernünfteleyen beruhte? Der erste Augenblick, da ich den jungen Ritter sah, war der Anfang meiner Leidenschaft, der letzte meines Lebens soll deren Ende seyn. — Ohne zu wissen, warum? gewann ich ihn lieb: aber das weiß ich, von nun an werde ich ihn lieben, so lang ein Herz in diesem Busen schlägt. (sie bricht in Thränen aus)

Gertraud.

Johanna! Johanna! Ich fürchte, ich fürchte--

Johanna.

Und was fürchtest du, sage an?

Gertraud.

Deine unbegränzte Liebe möchte einen nur zu unglücklichen Ausgang nehmen — mit Zittern erinnere ich mich der Prophezeyhung.

Johanna.

Was für einer Prophezeyhung? davon hast du mir ja noch keine Sylbe gesagt.

Gertraud.

Du warst ohngefähr vier Jahre alt, als deine seelige Mutter mit dir unter der großen Linde saß, die nahe an deines Vaters ritterlichen Veste steht. Eine Wahrsagerinn oder Zigeunerinn gieng just vorüber, und bat deine Mutter um eine Gabe. Du sollst sie reichlich erhalten, wenn du

mir

mir das Schicksal meines Kindes enthüllst, war
die Gegenantwort deiner Mutter. Die Wahrsagerinn guckte lange in deine Hand, und sagte
endlich: In vieler tausend Hände habe ich schon
gesehen, aber nie sahe ich solche Linien. Meine
Kunst wird an ihnen zur Stümpferinn. Allem
Ansehen nach wird deine Tochter sehr glücklich
werden, aber ihre Lebenslinie, die bis über das
höchste Menschenalter hinausläuft, ist in der Mitte
zerrissen. Soll ich der Länge der Linie trauen, so
wird sie länger leben als du und ich, und ich
und du. Geht aber der Riß der Linie zur Erfüllung, so wird sie früher sterben als du und ich,
und ich und du. Kurz sie wird sterben und doch
leben. Sie wird keine Kinder gebähren, aber ein
Knabe wird sie in das größte Elend stürzen, und
ein anderer Knabe sie aus der größten Noth
erlösen. Mehr weiß ich dir nicht zu sagen.
Deine seelige Mutter bezahlte sie reichlich, und ließ
sie gehen.

Johanna.

(nachdenkend, auf einmal aber bitter lächelnd)

Ha, ha, ha! fürwahr eine närrische aber gewiß
äußerst erlogene Prophezeyhung.

Ger-

Gertraud.

Ich finde weder was närrisches noch äußerst erlogenes in dieser Prophezeyhung.

Johanna.

Nicht? Sie wird früher sterben als du und ich, und ich und du, sagte die alte Hexe zu meiner Mutter, nicht wahr? Meine Mutter starb allbereits schon vor acht Jahren, und ich lebe noch bis auf diese Stunde. Heißt das nicht offenbar gelogen.

Gertraud.

Der Himmel gebe daß das Uebrige von dieser Prophezeyhung und besonders der Ausdruck: ein Knabe wird sie in das größte Elend stürzen, eine eitle Erdichtung seyn möge.

Johanna.

Wenn du mich lieb hast, so brich diese Unterredung von der Prophezeyhung ab, und stehe mir jetzt in einer gewissen Angelegenheit bey. Bring diesen Brief in seine Hände. Ich läugne es nicht, er enthält eine Einladung zu mir in den Garten. Aber, o ich will ihn sehen, muß ihn längstens in einer Viertelstunde sehen, oder die glühende Liebe —

Gertraud.

Wenn es in meiner Gegenwart geschieht, so könnte

könnte ich vielleicht.

Johanna.

O das soll es, das soll es! Nur diesen Brief in seine Hände.

Gertraud.

Wer wäre ich auch, wenn mich dieß arme liebe kranke Mädchen nicht rührte! — O blühe wieder auf, Johanna; nicht für mich und deinen Vater allein, auch für deinen Ubald blühe auf! du sollst ihn sehen, in einer Viertelstunde sehen!

Johanna.

O beste Freundinn, wie wandelbar sind die Wünsche der Sterblichen! Vor wenig Minuten noch glaubte ich meinen letzten Tag zu leben, glaubte es mit dem brünstigsten Wunsche, mich ja nicht zu irren. Jetzt — jetzt — wie mit jeder neuen Minute neue Liebe zum Leben in meine Seele zurückkehrt. In einer Viertelstunde also? in einer Viertelstunde! (nach einer kleinen Pause) O Freundinn, welches Kleid rathest du mir wohl anzuziehen? Ubald ist es ja wohl werth, daß man auf ihn sich vorbereite! daß man alles hervorsuche, um ihn desto sicherer zu fesseln.

Gertraud.

Komm nur mit mir. Dafür will ich schon sorgen.

Zwey-

Zweyter Auftritt.

Zimmer des Ubalds.

Ubald.

Unmöglich, unmöglich, daß ich an etwas anders denke, als an Sie -- Selbst Gebete, die ich gen Himmel senden will, werden zu Spott, werden Gedanken an Sie — an Sie, die mir mangelt, und alles mit Ihr — (Pause) Was Sie jetzt machen mag? Ob Sie auch seufzt? auch sich sehnt nach mir? — Johanna! göttliche Johanna! -- Wann du jetzt vielleicht meiner harrtest? Bey jedem rauschenden Lüftchen an Thür und Fenster eiltest? Zürntest, daß ich nicht käme? -- Wie glücklich, wie glücklich -- (man klopft) Herein!

Dritter Auftritt.

Ubald. Ein Schildknappe.

Schildknappe.

Seyd ihr der Ehrenfeste Ritter Ubald?

Ubald.

Nein -- ja, was ist dein Anbringen?

Schildknappe.

Hier habe ich einen Brief.

Ubald.

Ubald.

Gieb her. Sollst auf Antwort warten?

Schildknappe.

Nein, Ritter! ihr sollt sie mündlich mitbringen. (bückt sich und geht ab)

Vierter Auftritt.

Ubald.

(Nachdem er den Brief mit zitternder Hand erbrochen, gelesen und etlichemal geküßt)

Zum zweytenmal also befiehlst du mir, bewußt deiner Macht über mein ganzes Geschick, zu leben? O geliebte Johanna, könntest du in diesem Augenblick deine Hand auf mein Herz legen, es schlägt schnell — es schlägt stark — Und in dem Herzen glühen Gefühle für dich, die, bey Gott! namenlos sind — dein Werth, dein grosser Werth in seinem ganzen glänzenden Umfang ist ihm eingeprägt. —

Fünfter Auftritt.

Ubald. Weislinger.

Weislinger.

Wie gehts, lieber Ubald?

Ubald.

Ubald.

Da ließ. (giebt ihm den Brief)

Weislinger. (ließt)

Liebenswürdigster Ritter! Innerer Kampf
zwischen Schaam und Leidenschaft machten, daß
ich das Urtheil, das Ihr von mir fordertet, nur
halb sprach. War es Euer Ernst, es ganz, es seinem völligen Umfange nach zu wissen, so erscheint
in einer Viertelstunde an der Hinterthür meines
Gartens, und meine Gertraud wird Euch sicher
zu mir geleiten. Johanna Benno. (indem er ihm
den Brief zurückgiebt.) Und dein Entschluß?

Ubald.

Noch zu fragen, was ich thun wolle! Sogleich will ich auf Windesflügeln zu ihr eilen.

Weislinger.

Und was willst du sagen, wenn ihr Urtheil
günstig ausfällt?

Ubald.

Sagen? Es sagt sich viel, wenn Johanna
einen anblickt! Gebe der Himmel, daß ich nur
stammlen kann!

Weislinger.

Wortkrämer! Stammlen meinetwegen oder
reden. Genug, was willst du antworten.

Ubald.

Ubald.

Ihr schwören, daß ich sie brennend liebe, ewig so liebe; mit jedem Augenblick mehr, mit jedem Tage glühender.

Weislinger.

Ist das dein wahrer Ernst?

Ubald.

Ja. Kein Mensch in der Welt soll mich an diesem Vorsatz hindern.

Weislinger.

Mein Zureden vermag also auch nichts.

Ubald.

Nein! sag ich.

Weislinger.

Aber dein fester Vorsatz sie nie mehr zu sehen?

Ubald.

O, weggeweht, wie Sonnenstaub!

Weislinger.

Und dein Ritterschwur?

Ubald.

Thor, der ich ihn that, und du zehnfacher, der du an ihn mich erinnerst! — Ritterschwur gegen Liebe! Ha, ha, ha! Hält je ein Sandkorn den stürzenden Waldstrom auf?

B   Weis-

Weislinger.

Du läſſeſt dich alſo nicht abhalten? willſt würklich zu Johannen gehen.

Ubald.

Ja, und das unverzüglich!　　(gehen ab)

Sechster Auftritt.

Garten.

Johanna.

Ha! jetzt ſchlugs! — O gewünſchte Minute! mit Angſt einer Gebährerinn erwartet; mit der Freude einer Braut gewünſcht — (geht ungeduldig auf und ab) Wie kömmt es, daß die Adlerflügel der Zeit ſich in Schneckenſchlich verwandeln? Jede Sekunde ſcheint mir zu ſtehn und zu ſtocken — (ſchwärmeriſch) Eile nicht ſo ſchnell, gute Welt, laß nicht deinen pfeilſchnellen Umlauf aus der Haſtigkeit eines Jünglings ſich in den ſachten Schritt eines Greiſes verkehren! (immer ſchneller auf und abgehend) Oder gebricht dir es an eigner Kraft, o! nimm etwas von meiner Eile! — Guter Gott! ſchon zwey Minuten! — Schon drittelhalbe! Schon drey! — (bitter) Fürwähr, der Gebieter läßt bereits auf ſich warten, eh noch der

Bräu-

Bräutigam zu werden beginnt. — Ha! die Thüre! — Ein Weibstritt! — Daß sie verdammt wäre! — Unbesonnene! Und weshalb? Wer kann dafür, daß du ungeduldiger bist, als ein hungerndes Kind? — Schon wieder eins! — O das ist er! das ist er! — Ruhig, ruhig, liebes Herz! Halt aus bebende Brust! Das ist, das ist er! —

Siebenter Auftritt.

Johanna. Ubald.

(Ubald tritt in den Garten. Johanna will ihm mit offenen Armen entgegen eilen, besinnt sich aber noch, und sinkt auf einen Stuhl, wo sie ihm, ehe er noch spricht, schon halb ihre Hand entgegen hält.)

Ubald.

Schönste aller Schönen, ich komme, um vielleicht von euren Lippen das Todesurtheil zu empfahen, und dann zu euren Füßen zu sterben.

(er kniet vor ihr nieder.)

Johanna.

O nein, lebt! Lebt! für Johanna.

Ubald.

(Im sprachlosen Entzücken, zwo Minuten lang

B 2   auf

auf ihre Hand gesunken, dann aufspringend)
Gott! daß ich es aushalte, dieses Meer der un-
aussprechlichsten Wonne. (sich wieder auf die
Knie werfend) Theure, ewig theure Johanna, ich
soll leben?

Johanna.

(an seinem Halse und ihn umarmend)
Leben! Leben! und für mich!

Ubald.

O, daß mein Glück, Worte, und meine
Freude Thränen hätte! — Leben für Euch, Krone
eures Geschlechts, göttliche Johanna?

Johanna.

Nicht zu meinen Füssen länger, du Theurer!
— Herauf in meinen Arm, Geliebter! du fandest
ja so leicht und sicher den Weg zu meinem Herzen; O fühle, es glüht für dich auf meiner Lippe,
schlägt für dich in diesem Busen. — Noch niemals hat meinen Mund ein Ritter geküßt; du
bist der Erste. — Du schweigst! du stockst! —
Was starrst du mich an? Warum Ernst im Auge,
wo ich Entzücken suchte?

Ubald.

Es ist ein Glück sonder Maaß, für dich,
innig Geliebte, zu leben; aber das zehnfach grössere
Un-

Unglück, dein Vater möchte es nicht zugeben, mit
dir leben zu dürfen, nicht ganz der Deinige zu
seyn, verschlingt die Freude über jenes.

Johanna.

Träumer! -- Warum schaffst du dir Quaal,
wo keine ist? -- Allerdings sollst du mit mir
leben; Hand in Hand, Brust an Brust. -- Hier
ist mein Wort, zuverläßiger als je eines Ritters
Wort: Entweder deine Gattinn zu seyn, oder nie
eines Mannes seine -- Fest steht mein Entschluß;
nur der Tod steht fester, als er. Wenn der, der
mir das Leben gab, auch es erhalten wissen will,
so darf, so wird er sich nicht widersetzen -- Auch
ist das Haus der Ubalden, so berühmt, als das
Haus der Bennos.

Ubald.

Auch ich schwöre dir, entweder dein Gatte
zu werden, oder nie eines Weibes der ihrige. Du
bist, und bleibst mir Alles, und die Stunde, die
mich anders denkend findet, sey meine letzte Stunde.

Johanna.

Ubald, geliebter Ubald! Noch einmal schwöre
ich dir es vor Gott! In allen meinen Adern rollt
kein Blutstropfen, der nicht dir zugehörte; hier
oben in meinem Kopfe lebt und webt kein Ge-

B 3   danke,

danke, der nicht dich sich dächte! Aber! (mit dro-
hendem Finger) Aber! Aber!

Ubald.

(etwas ernsthaft) Und was a..R

Johanna.

Wenn du es könntest! — Wehe, wehe dir,
wenn du es könntest!

Ubald.

Was?

Johanna.

Mir untreu werden!

Ubald.

Gottes unwiederruflicher Fluch falle auf
mein Haupt, jeder seiner Heiligen verschmähe die
Vorbitte für mich, und keine Seelenmesse erlöse
dereinst meine Seele, wenn mir je ein anderes
Mädchen gefällt.

Johanna.

(mit innigster Wärme) Nein, nein! das
wird mein glühender lieber Ubald gewiß nie thun.
Verzeihe mir, Wonne meines Lebens! es ist bloß
Grille allein, ist ungegründete Furcht! — Sieh!
wenn ich dich so steif ansehe, denn dächte ich
jeden deiner verborgensten Gedanken lesen zu können, und wohl mir! denn mir dünkt, ich lese

wahre

wahre Liebe -- und so würde ich es auch in deiner Seele lesen, wenn du mich nicht mehr so liebtest, wie du sollst, und wie ich es will. Die kleinste Neigung für eine meiner Schwestern würde ich entdecken, im Lächeln der Augen, in der Falte der Stirne, im Druck der Hand, in der Glut der Umarmung. -- Da, da wollte ich die Untreue schon finden, die vielleicht deine Worte geschickt genug zu verbergen wissen würden.

Ubald.

Einzige, beste, liebste Johanna! mein Stolz! mein Alles! -- Eifersucht sey von nun an, aus unsern Herzen verbannt, dann sie ist ein Feuer im dürren Gesträuche; entflammt wird es bald, aber gelöscht sehr schwer, auch ist todte Asche fast immer das Einzige, was von der Entzündung übrig bleibt.

Achter Auftritt.

Johanna. Ubald. Gundelfinger. Weislinger.

Gundelfinger.

Ich habe euch schon überall aufgesucht, ohne eine Nachricht von euch erhalten zu können. Zum

Glück

Glück begegnete mir der Weißlinger, und versprach mir, mich zu euch zu führen.

Ubald.

Und wozu kommt ihr, Gundelfinger?

Gundelfinger.

Ich komme zwar bey euerer jetzigen Beschäftigung vermuthlich ungelegen; aber von meinem Grafen gesandt, euern kriegerischen Muth wieder zu wecken, und zum Thurnier, das er seiner einzigen Tochter zu Ehren hält, und zum ersten Preise einen ganz vergüldeten Harnisch aussetzt, zu berufen.

Ubald.

Meinen Muth wieder zu wecken? der schlief nie, Gundelfinger!

Gundelfinger.

Ein Glück für euch.

Ubald.

Aber warum zu dieser Zeit ein Thurnier?

Gundelfinger.

Ich habe von meinem Grafen den Auftrag euch zu berufen; mehr weiß ich nicht.

Ubald.

Wann fängt das Thurnier an?

Gundelfinger.

Morgen.

Ubald.

Ubald.

Ich komme! meine Hand darauf. Morgen mit Anbruch des Tages bin ich dort. Sagt es eurem Grafen, und, daß ich noch Ubald bin. Ihr sollt mich kämpfen sehen um meine Johanna, und lernen, was ein Ritter für seine Geliebte vermag. Hast mich verstanden, Gundelfinger?

Gundelfinger.

Bis auf die letzte Sylbe.

Ubald.

Wohl! so gehe und verrichte deinen Auftrag.
(Gundelfinger geht ab.)

Weißlinger.

Dank sey dem Himmel! da hast du wieder einmal gesprochen, wie ein Bundshauptmann des berühmten Löwenbundes.

Ubald.

Könntest du mich auch verkennen, Weißlinger! Ist es dann entehrend, ein so göttliches Geschöpf, wie meine Johanna ist, zu lieben?

Weißlinger.

Nein! aber ich bleibe dabey, Liebe sey Zeitvertreib, Erholung; arte aber nie in eine Leidenschaft aus.

B 5   Ubald.

Ubald.

Du haſt alſo nie geliebt?

Weißlinger.

Wenigſtens nie zur Unzeit. Komm nur jetzt, wir wollen uns waffnen, und rüſten. Wenn wir Morgen mit Anbruch des Tages eintreffen wollen, ſo mußt du bald thun, was hier noch zu thun iſt. Denn Abſchiede taugen ja ſo zu nichts, wenn man fort muß, und bald wieder kömmt. (zu Johanna) Lebt wohl! (zum Ubald) Und du komm bald nach. (geht ab)

Neunter Auftritt.

Johanna. Ubald.

Johanna.

Ubald! du gehſt, du verläßſt mich! ach! du kömmſt nicht wieder,

Ubald.

Könnteſt du zweifeln, Geliebte meines Herzens! ſind dir Ritterworte nicht heilig, nicht Bürgen genug? Mit Ehre komme ich wieder, und bringe dir den güldenen Harniſch zur Morgengabe.

Johanna.

Am Tage, wo du mir ewige Liebe und
Treue

Treue zuschwurest! — einige Augenblicke deine glücktrunkene Geliebte, und schon verlassen! schon hintangesetzt durch deine ritterliche Würde!

Ubald.

Nicht so, meine Johanna! Ritterpflicht, Siegeshoffnungen entfernen deinen Ubald. Noch oft, wenn du mein Weib bist, werden dergleichen Einladungen ergehen, und auch an deinem liebevollen Busen wird er hören den Ruf, und ihm folgen: für Ehre wird er kämpfen, dann wiederkehren, und seinen Lohn suchen, und finden in deiner Umarmung.

Johanna.

Ach! Ubald! du liebst mich nicht, wie ich dich liebe. O könnte ich dir nur halb so lebhaft die Schrecken meiner vorigen Nacht erzählen, als ich sie gefühlt habe! -- Du, mein lieber Ubald! stundest immer vor mir, blaß und in Todesgestalt, und winktest mir, Lebewohl! zu— Bald sahe ich dich im Sterbegewand bey mir vorüber wandeln, und du sahest auf mich und winktest mir zu folgen -- Bald war ich dem Tode nahe, er schien mir in Freundesgestalt sich mir zu nahen, und mit dem Lächeln eines tröstenden Engel Gottes. Aber einen schrecklichen Zug hatte er doch noch. -- Ich
solte

sollte von dir — sollte scheiden von der Erde, ohne von dir Abschied zu nehmen — ohne dir noch im Tode zu sagen: daß ich dich liebe — Nicht lange darauf däuchte mir, ich stünde auf einem Felsen und sähe in den Abgrund hinab — Da lagest du mit Blut und Staub bedeckt, und ein Mägdchen stand mit einem blutigen Dolch bey dir — Ehe ich es mir versahe, stürzte ich auch herab, wollte mich am Fels anklimmen, konnte aber nicht, und mußte hinunter, denn erwachte ich, und bebte wie vorm Tode. O Ubald! ich bebe, wenn ich an deine Entfernung denke, es wird schwarz, finster, eiskalt um mich her.

Ubald.

Liebe Schwärmerinn! Warum Angst? — warum schwarze finstere Ahndungen? Mistrauen in Ubald?

Johanna.

Weil mir deine Abwesenheit schon ein Unglück ist. Wenn du dich je von mir trennen könntest! — Ah! besser nie gebohren, Ubald! — O Gott! wenn du mir Glück vorbestimmest, warum ist die Ahndung davon mir so schauerhaft?

Ubald.

Wenn du mich liebest, so schweig! und kein Wort

Wort weiter. Nochmal, ich bin Ubald, der Bundeshauptmann des berühmten Löwenbundes, und
scheide eher von der Welt, als von dir. Und
nun (indem er sie umarmet) lebe wohl, in acht
Tagen bin ich ja wieder da, liebe Traurende!

Johanna.

In acht Tagen! bey Gott keine kurze Zeit
für deine schmachtende Johanna. In acht Tagen
kann sich viel verändern, viel zutragen.

Ubald.

In acht Tagen, umschlingen uns heilige
Bande, und dann -- merks dir -- ist Johanna
meine Gattin. Und nun, noch einen Abschiedskuß.

Zehnter Auftritt.

Johanna. Ubald. Weislinger. Gertraud.

Johanna.

(hält Ubalden bey den Händen) Ubald!
noch nicht! noch nicht! daß ich dich noch sehe,
noch höre! laß mir es tief, recht tief eindrücken
dein himmlisches Bild in meine Seele.

Ubald.

(zu Gertraud indem er sich loswindet) Halte
sie;

sie; tröste sie; ich kann ihren Jammer nicht sehen;
kann ihr nichts mehr sagen: ihre Ahndungen könn-
ten mich versteinern hier.

Johanna.

(Gertraud hält sie zurück) Und du verstossest
mich! mein Ubald! ehe du noch mein Gatte bist!
noch einmal.

Ubald.

Noch oft. (stürzt in ihre Arme) In acht Tagen, so Gott will! wieder.

Johanna. (mit Heftigkeit)

Nimmermehr! (fällt in eine Ohnmacht)

Weislinger.

(indem er Ubalden wegreißt) Jetzt ist es
Zeit, Ubald! wenn ich dir gut zum Rath bin.

Ubald.

(Johannen starr ansehend) Weislinger! wenn
es wahr seyn sollte das Nimmermehr! —

Weislinger.

So bleib.

Ubald.

Nein! ich gab mein Wort. Sorge für sie,
Gertraud!   (Weislinger und Ubald gehen ab)

Eilfter

Ellfter Auftritt.

Johanna. Gertraud.

Johanna.

(indem sie sich erholt) Ubald! — (sieht um sich) Ha! — nach! (steht auf: setzt sich wieder) Er ist fort! — fort.

Gertraud.

Fort.

Johanna.

Fort? — der liebenswürdigste Mann auf Gottes Erdboden; der Glückliche hoft also wieder zu sehen, was er liebt. O Liebe! Liebe! gieb mir meine Ruhe wieder, wie als ich Ubalden noch nicht gesehen hatte; als in sorgenloser Unschuld, unbewußt meines Herzens, stille meine Tage und Wochen, eine auf die andere floßen. Gieb mir sie wieder, oder meines Ubalds Umarmung! — Ach! seit ich ihn sah; seit ich ihn sprach; seit er mir sagte: „Johanna! du bist die Geliebte meines Herzens" seitdem lebe ich nur für ihn, durch ihn, kann mich nicht denken, ohne ihn: Liebe! gieb mir ihn wieder. — Mußte ich ihn sehen den Bundes-hauptmann des berühmten Löwenbundes? — Ja ich mußte, ich sollte; nur Ubald der Einzige konnte ausfüllen das Leere meines Herzens; nur er war

es,

es, bey dem das sehnende Klopfen des jungen
Busens stockte -- Nun in acht Tagen habe ich ihn
ja wieder? halte ihn fest? der Allmächtige um-
schlingt uns alsdann mit heiligen Banden! -- O
sie sollen Rosenketten werden, lieber, lieber Ubald!
aber warum klage ich? warum weine ich? — was
soll die ängstliche Beklemmung meines Herzens? —
der leise Frost der über alle meine Glieder hinab-
schaudert? — das Zittern, das Beben, als wäre
ich eine Verbrecherinn! — Verbrecherinn? All-
mächtiger! du schufst mich ja? du selbst webtest
in mein Innerstes das, was mich in Ubalds Arme
warf? Stille demnach, stille ängstliches Herz; jage
nicht so. Er liebt mich ja; wird in Zeit von acht
Tagen mein Gatte; er kömmt ja wieder; kömmt
wieder! -- noch nicht stille, noch nicht ruhiger,
Herz! immer ängstlicher? immer bänger? -- O
Liebe! Liebe! lohnst du also deine Verehrer?

Gertraud.
Weg mit diesen trüben Gedanken, liebe Tochter!
Johanna.
Ubald ist nicht hier.
Gertraud.
Aber er kömmt ja wieder; um das Wieder-
kommen ist es doch eine gute Sache.

Jo-

Johanna.

Gertraud! was meinst du damit?

Gertraud.

Ich? nichts.

Johanna.

Nichts?

Gertraud.

Nein, nichts; was sollte ich denn meynen, liebes Kind?

Johanna.

Wenn er nicht wiederkäme?

Gertraud.

Wer? der Bundeshauptmann des berühmten Löwenbundes? ey! ey! was das Phantasien sind! acht Tage herum, und dann --

Johanna.

Und dann! dann! liebe Gertraud jenseits des Grabes ist auch ein Dann!

Gertraud.

Und das wird heissen „nach verjüngt durchlebten Jahren einer Wonne" und seegenvollen Ehe, dann ist es herüberkommen über das Grab das glückliche Paar, Ubald und Johanna — in Zeit von acht Tagen aber ist das Dann -- Freud, Genuß und Segen.

C   Jo-

Johanna.

Mein Innerstes bleibt unglaubig, und meine
Ahndung spricht dazu nicht, Amen. — Begleite
mich nur jetzt in mein Zimmer, ich habe der Ruhe
sehr nöthig.

Zweyter Aufzug.

Die Schaubühne stellt einen nach alter Sitte ein-
gerichteten Platz zum Thurnier vor.
Ringsum die Häuser ausgeschmückt, und die Wap-
pen der Ritter aufgehangen; am Ende eine Bühne
für den Grafen, seine Tochter, das Frauenvolk,
die Fremden und des Grafen Gefolge. Die Marschälle stehen an den Schranken, nachdem sie den
Kampfplatz geordnet.
Trompeten und Paucken.
Eberhard kömmt mit Agnes und seinem Hofstaate,
steigt auf die Bühne, und setzt sich: Fremde,
Frauen, Hofleute um ihn herum. Nach ihm kommen paarweise in Harnisch vier Paar Ritter und
Ubald im Harnisch, von ihren Schildknappen begleitet. Die Trompeten und Paucken lassen sich
hören. Das Thurnier fängt an. Die Marschälle
öffnen

öffnen die Schranken. Ubald streitet mit den acht Rittern, und zwar mit einem nach dem andern, und trägt über alle den Sieg davon. Nach geendigtem Thurnier erhält Ubald aus der Hand der jungen Gräfinn den güldenen Harnisch. Er nähert sich ihr, nimmt seinen Helm ab, um den ihrigen zu empfangen. Die Gräfinn zögert lange, ehe sie Ubalds schönes äußerst reizendes Gesicht wieder bedeckt.

Agnes.

Darf ich mich nach euerm Namen und Stand erkundigen, edler, tapfrer, siegreicher Ritter?

Ubald.

Ich! heiße Ubald, und bin Bundeshauptmann des berühmten Löwenbundes.

Agnes.

Ich! preiße mich glücklich, den tapfersten und schönsten Ritter gesehen zu haben.

Ubald.

Zu viel Ehre, für euren Knecht. (Agnes setzt ihm unter Trompeten und Pauckenschall den güldenen Helm auf; nachgehends reicht sie ihm ihre Hand, er küßt sie; hierauf ziehen alle in der gehörigen Ordnung wiederum ab.)

Drit

Dritter Aufzug.
Zimmer der Agnes.
Erster Auftritt.

***

Agnes.

(an einem Fenster stehend und hinausschau-
end. Man hört von Zeit zu Zeit die
Trompetten und Paucken.)
Agnes.

Ja wahrlich, wahrlich! Clotilde hat wahr
gesprochen -- Da nähert sich schon der Ritterzug
unserer Veste; da glänzen sie schon in ihrer fun-
kelnden Rüstung! — Und schöner, glänzender als
alle andere (indem sie schüchtern sich umsieht, ob
sie auch ganz allein sey) darf ich ihn nennen?
Darfst du einmal dich lüften, beklemmtes Herz?
— Ha! du darfst, du darfst! — Schöner, glänzender, als alle andere! Er! er! mein Abgott,
Ubald! Der Bundeshauptmann des berühmten
Löwenbundes! — Herunter Helm, du verbirgst mir
das reitzendste, männlichste Antlitz so reitzend --
Hinweg, hinweg Schild! du verdeckst mir den
schlanksten, männlichsten, kraftvollsten Körper —
Roß! Roß, daß du ihn trägst, was bäumst du
so wild? Ist es nicht Stolz, nicht Ruhm für dich,
den

den König der Männer zu tragen? Recht! Recht!
du bäumst dich nur so, um noch sichtlicher seinen
Anstand, noch sichtlicher seine Stärke zu machen.
Muthiges Roß, er zwingt dich, wie meine Hand
ein zahmes Schooshündchen zwingen würde! --
Soll ich mich freuen oder grämen über das heutige Thurnier? Grämen! Nein! -- Freuen! —
Allerdings, denn ohne das heutige Thurnier hätte
ich ja die Krone seines Geschlechts nie kennen ge-
lernt -- Was zittre ich, was scheue ich mich, es
herauszusagen? Bin ich nicht die Erbin einer
ansehnlichen Grafschaft? Ist Ubald nicht einer solchen Erbin werth? —

Zweyter Auftritt.

Agnes. Clotilde.

(Leztere schleicht leise hinter die Agnes, nachdem sie von ferne ihr Gespräch angehört hatte.)

Clotilde.

Ja, ja Agnes, so unrecht wäre ein solcher
Gemahl nicht.

Agnes.

(erschrocken und zornig) Ha, Niederträchtige,
was unterstehst du dich? mich also zu bewundern?

C 3   Clo-

Clotilde. (lächelnd)

Nun, nur gemach! So ganz niederträchtig bin ich doch noch deswegen nicht. Tadle ich denn? Sage ich denn etwa, daß du Unrecht hättest? Ubald ist ein statlicher Mann, und deine Reitze suchen ihres gleichen. Ein solches Paar ist einander werth. (indem sie ebenfalls zum Fenster hinausschaut) Meiner Treu, ein treflicher schöner Ritter, bey dem das Verlieben ganz natürlich, und kein Wunder ist — Ragt er nicht über alle übrigen Ritter eines Kopfs hoch empor? Wie schön ihm der Federbusch den langen Rücken herunterrollt! — Ist er anders außer der Rüstung eben so schön, als in der Rüstung —

Agnes.

(hastig einfallend) O das ist er! das ist er! — Alle andre Männer scheinen dann gegen ihn, wie Krähen gegen den Adler. Wenn er den Helm abnimmt, frey umher seine großen schwarzen Augen blitzen; auf seiner Stirn Huld und Ernst dicht aneinander grenzen; Dann Clotilde, Stein müßte das Mädchen seyn, das ihn nicht lieben wollte. Seit diese meine Blicke ihn heute sahen — (plötzlich, als besänne sie sich einhaltend) Aber wohin verliert mein Eifer sich? Bin ich auch gewiß,

wiß, daß du meiner nicht spottest? oder nicht
listig nur mein Geheimnis mir entwenden willst?

Clotilde.

Möchte ich noch zehnmal blatternarbichter
werden, als ich bereits es bin, wofern ich deiner,
beste Agnes spotte! Noch mehr, ich ermahne dich
sogar, munter und guten Muths zu seyn. Ich
wette darauf, wüßte dein Vater, was ich nun
weiß; oder muthmaßte er es nur, er würde Maas-
regeln treffen, die deine Neigung bald befriedigten.

Agnes. (hastig)

Bald befriedigten.

Clotilde.

Wenigstens bin ich gewiß, daß er schon seit
geraumer Zeit auf eine anständige Vermählung
für dich Sorge trägt.

Agnes.

Vermählung! o welch ein süsses Wort, wenn
ich dazu mir Ubald — welches entsetzliches, wenn
ich mit einem andern Mann es mir gedenke! —
Aber woher weißt du meines Vaters Vorhaben?

Clotilde.

Aus seinem eigenen Munde. Unlängst, als
du schon lang und sanft schliefst, rief er mich zu
sich — (indem sie seine Stimme nachmacht) Weißt

C 4   du

du wohl, weßhalb ich noch wache und nachdenke?
Fragt er mich? — Wie sollte ich das wissen?
gab ich zur Antwort -- „Agnes, sagte er, rückt
nun an die Jahre, wo sie mannbar wird" —
Oder ist es vielmehr schon geworden; unterbrach
ich ihn -- „Es ist Zeit, fuhr er fort, ihr einen
Mann auszusuchen. Ich werde alt, sie ist schön
und meine einzige Erbin. Leicht möglich, daß mir
einer sie mit Gewalt oder List raube, wenn ich
länger sie freywillig zu verschenken anstehe. Weißt
du vielleicht einen der benachbarlichen Ritter, die
je zuweilen mich besuchen, und der in ihr Herz
sich eingestohlen habe? — Ich verneinte es; versprach mich auf Kundschaft zu legen, und so entließ er mich.

Agnes.

So entließ er dich? Nun? und nichts weiter?

Clotilde.

Den ersten gelegnen Augenblick, den ich mit
deinem Vater zu sprechen finde, will ich nützen
für dich.

Agnes.

Thue das! Liebste, beste, einzige Vertraute
meines Herzens. Ha! wer nähert sich meinem
Zimmer?

Clo-

Clotilde.

Eben der, von dem wir sprachen; dessen wir bald nöthig haben werden, dein Vater. Ich — gehe.

Dritter Auftritt.

Agnes. Eberhard.

Eberhard.

Was fehlt dir, meine Agnes? An einem so festlichen, dir so ruhmwürdigen Tage hoffte ich, dich nicht in Thränen zu finden. Sahst du nicht, wie Fürsten und Grafen, wie alle Ritter nur nach einem deiner Blicke geizten, wie sie Wunder der Tapferkeit thaten, und nur dem Einzigen, dem Löwenritter weichen mußten. Die Schmeicheley, die du ihm sagtest, schmerzte alle mehr, als die Wunden, die er ihnen schlug, mehr als der Verlust des Preises, mit dem du ihn kröntest.

Agnes.

Eben dieser Unüberwindliche, dieser reizende, schöne — O mein Vater, dieser Unnennbare ist die Ursache meiner Thränen!

Eberhard.

Und warum?

C 5 Agnes.

Agnes.

Er stritt nicht, um von mir bemerkt zu werden, nicht um mir seine Tapferkeit zu zeigen!

Eberhard.

Worauf gründet sich deine Muthmassung?

Agnes.

O ich sah es deutlich beym Thurniere! Noch deutlicher wie ich ihm den Helm aufsetzte! Er trägt das Bild, die Farbe einer andern!

Eberhard.

Nach diesem allen zu schließen, wäre dir der Ritter wohl nicht gleichgültig?

Agnes.

Gleichgültig? Nur nicht gleichgültig? Ich liebe — Nein, das ist noch zu wenig! Ich verehre — O das drükt es schon gar nicht aus! Ich hange an seinem Blicke, ich weide mich an seinen Zügen, und letze mich an seinen Worten, ich lebe, und lebe bloß in ihm.

Eberhard.

Tochter!

Agnes.

Der Sturm ist zu groß. Mein Herz ist zu gepreßt! ich muß mein Leiden in die Brust meines Vaters ausgießen, damit er mir helfe, mich tröste.

tröste. Ich schäme mich für mich selbst, ich möchte mich in eine dunkle Höhle verstecken, und doch würde ich es auch dieser Höhle, den Bäumen im Walde erzählen. Wäre er noch frey, dieser große, dieser tapfere Ritter, und ich sein! — O theuerster, bester Vater! Ich sein! Wer würde es wagen, mich und euch anzutasten? Ruhig könntet ihr das längste, größte Alter genießen, noch als Greis auf Krücken jedem furchtbar herumkriechen! Kein Feind würde sich eurem Lande nahen, alle würden horchen auf euere Befehle, sich schmeichelnd um eure Burg lagern, und sklavisch harren, bis es euch gefällig wäre, ihren Zins anzunehmen. Und raubte der Tod euch mir, so würden sie alle auf die Knie fallen, in mir den Unüberwindlichen huldigen, und meine Kinder als ihre Herrscher verehren! Aber so! — Wen kann ich wählen? Wen soll ich einst ehelichen? Da alle sahen und hörten, daß er nur unüberwindlich ist. Jeder, dem ich meine Hand schenke, wird um das Land beneidet, bekriegt, überwunden, vielleicht von ihm überwunden werden.

Eberhard.

Tochter! Tochter!

Agnes.

Wenn er es nun wirklich thut, mich, mein Land überzieht! — Und muß er es nicht, da alle
unsere

unsere Ritter wie Knaben von ihm behandelt, ihre Lanzen wie Ruthen zerbrochen worden! Dann die Geliebte seines Herzens auf meinen Fürstenstuhl setzt! Ich vielleicht ihr dienen, die Wärterin ihrer Kinder seyn muß! O Vater! Ihn oder den Tod!

Eberhard.

Hast du geredet?

Agnes.

Nein, Vater, nein! Nach dem Gefühle meines Herzens muß ich immer, muß ich stets reden, aber nur von ihm! Da geht er! Da steht er! Dort sprengt er auf den sonst so tapfern Reynald zu! dort wirft er den --

Eberhard.

Halt ein, und laß mich reden, dann phantasire noch, so lange es dir gefällt. Ubald ist ein tapferer Ritter, stammt, von seiner Mutter her, aus der Wittenbergischen Linie der Sachsen, ich würde ihm also meiner Tochter Hand nicht weigern. Auch muß ich dir offenherzig gestehen, daß ich schon daran dachte, schon die Vortheile überlegte. Er besitzt viele Schlösser und Vesten, nur der Titel eines Grafen mangelt ihm, den so viele Eigenschaften reichlich ersetzen, und den ihm endlich der Kaiser auf mein Vorwort gewiß gewähren

wird

wird. Ich kam wirklich, um dich auszuforschen, und --

Agnes.

Und finden mich elend, unglücklich, denn er liebt eine andere.

Eberhard.

Ist dies so ganz ausgemacht?

Agnes.

Ausgemacht! erwiesen! Denn ich bemerkte deutlich, daß er während dem Streit ein Bild küßte, und dann gestärkt durch diesen Kuß, wie ein junger Löwe stritte.

Eberhard.

Aber wessen Bild? Kann es nicht das Bild eines Heiligen, das Bild einer geliebten Schwester, das letzte Vermächtniß seiner Mutter gewesen seyn?

Agnes.

O wäre es so! Sein Heiliger sollte auch mein Heiliger, seine Schwester auch meine Schwester seyn! Meine Busenfreundin sollte sie werden, mein Herz wollte ich mit ihr theilen, wenn es nicht ganz sein gehörte, und beten auf dem Grabe seiner Mutter, die einen so schönen Sohn gebahr.

Eberhard.

Ich will ihn entweder selbst ausforschen, oder ausforschen lassen!

Agnes.

Agnes.

Und mich verrathen! damit er meiner spotte,
in der Geliebten Armen mich verlache.

Eberhard.

Agnes, sprich nicht Unsinn! Du verspottet!
verhöhnt! Ha! ich fühle das stark! Ehe würde
ich dir das Schwert selbst ins Herz stoßen, ehe ich
—! Nein, bitten, werben muß er bey mir um
dich, flehen bey dir um deine Gunst! Er erhält
mit dir ein schönes Land, und dies ist des Bittens
und Flehens wohl werth.

Agnes.

Wenn er aber nicht flehet, nicht bittet?

Eberhard.

So wird er, ich schwöre es bey Gott! nie
dein Gemahl, nie mein Sohn!

Agnes.

Und wenn ich dann hinwelke, hinschmachte!

Eberhard.

So wird der Vater Leid um dich tragen,
Thränen im Verborgenen mit dir weinen, aber der
Fürst ungerührt hinter deiner Leiche gehen, und
nicht wanken, wenn man Erde auf den letzten
Zweig seines großen Heldenstammes wirft. Dar-
nach

nach richte dich! Sogleich will ich mit dem Ritter
reden. (geht ab)

Agnes.

(auf ihre Knie sinkend, mit empor gehobenen
Händen) Der du der Erde weites Reich über-
schauest, großer Gott — oder wie ich noch lieber
dich nenne, Vater des Ubalds! siehst du im ganzen
Gebiete deiner Macht ein unglücklicheres Wesen
als mich? Stieg je ein bängeres Gebet empor zu
dir? — Ist Liebe zu dem andern Geschlecht so
strafbar in deinen Augen? O strafe, strafe dann
mich. —

(steht auf, wirft sich auf einen Sitz, und
verhüllt schweigend ihr Haupt.

Vierter Auftritt.

Agnes. Clotilde.

Clotilde.

Agnes, theuerste Agnes — Nicht gleich so
ganz verzweiflungsvoll! Nicht gleich so ungedultig
nach Grab und Tod! Man stirbt nur einmal, stirbt
ohne Hülfe; aber so lange man lebt ist ja Trost
und Hülfe noch möglich.

Agnes.

(sich aufrichtend, ihr ernst ins Auge blickend)

Trost

Troſt und Hülfe noch möglich? Glaubſt du das?

Clotilde.

Allerdings.

Agnes. (bitter lächelnd)

So haſt du alſo leyder nicht gehört, leidige Tröſterinn, was an dieſer Stelle mein Vater beſchwur? „Nein, ſprach er zu mir: bitten, werben muß er bey mir um dich, ſtehen bey dir um deine Gunſt! Er erhält mit dir ein ſchönes Land, und dies iſt des Bittens und Flehens wohl werth. Wenn er aber nicht bittet, nicht ſtehet, ſo wird er, ich ſchwöre es bey Gott! nie dein Gemahl, nie mein Sohn!‟ — O Clotilde! Clotilde! wenn er aber nicht bittet, nicht ſtehet, der ſchönſte, einzige aller Männer!

Clotilde.

Einzige? Nicht doch, beſte Agnes! Das männliche Geſchlecht iſt groß, iſt reich an Schönheit und an Vorzügen, ſo gut wie wir. Freilich macht der Betrug der Leidenſchaft, daß wir den Mann, den wir lieben, immer für die Perle unter ſeines gleichen achten; aber ein bischen Zeit, ein bischen Nachdenken, und wir finden, daß es dergleichen Perlen noch mehrere giebt. — Selbſt Ubald, es iſt freylich ein ſtatlicher Mann, gemacht

um

um einem Mädchen Herzen gefährlich zu seyn;
aber glaube mir, auch dieser Ubald —

Agnes (haftig einfallend)

Nein, liebe Clotilde! sprich es nicht aus.
Ich liebe dich; damit ich noch fernerhin dich lieben könne, sprich es nicht aus! — Sey das männliche Geschlecht so groß, als es wolle; er, nur er
allein vermochte dieses Herz zu rühren. Er, nur er
allein soll es besitzen; und zerspringe es, wenn es
will, soll ich das seinige nicht wieder dafür erhalten — Hier schwur mein Vater! — Auch ich kann
schwören; schwören den Eid ewiger, ewiger, ewiger Liebe; schwören, Leben für sein Leben, Tod
für seinen Tod!

Clotilde.

Theure Freundinn, halt ein! Bedenkst du,
was du schwörst? Wie leicht kann sich das Blatt
wenden.

Agnes.

Wenden — Clotilde! Clotilde! bey meiner
Liebe, deiner Gegenliebe beschwöre ich dich: Rathe
mir, was soll ich thun? Wie ist es möglich, mir
die Zärtlichkeit des Mannes zu erwerben, für den
ich glühe?

Clotilde.

Ich müßte wohl ein Mittel!

D   Agnes.

Agnes.

Sey es durch Gefahren des Todes! Sey es durch Wege, wo Schreknis und Qualen jeden meiner Schritte bedräuen! Sey es Sprung von meines Vaters Thurm, der auf seiner Burg ruht; harrte er meiner am Fuße derselben; winkte er mir, und spräche: Liebe, komme herab! ich wagte Sprung und Zerschmetterung -- (der Clotilde um den Hals fallend) Liebe, beste Clotilde! Nur ein Mittel, ihn zu benachrichtigen, zu beweisen, wie sehr ich ihn liebe! Ihn zu bewegen es zu erwiedern -- Nun, bist du stumm?

Clotilde.

Schicke dem Ubald die Schärpe, welche du auf Anrathen deines Vaters dem Oberhaupt der Ritter, dem nunmehr überwundenen Robert, sticken mußtest. Behält er sie, so hast du gewonnen.

Agnes.

Vortreflich -- wer wird sie ihm aber wohl einhändigen?

Clotilde.

Ich nehme die Kommißion mit größtem Vergnügen auf mich.

Agnes.

Komm nur, komm nur, Trösterin meines Her-

Herzens, sogleich will ich sie dir einhändigen.

(gehen ab.)

Fünfter Auftritt.

Zimmer des Ubalds in Eberhards Burg.

Gundelfinger. Ubald.

Gundelfinger.

Hier überbringe ich Euch eine Schärpe von meiner Gräfin, und so viel Grüße darzu von ihr und ihrem Vater, daß ich nicht weiß wo anzufangen.

Ubald.

Willkommen, Gundelfinger! Was bringt ihr mehr?

Gundelfinger.

Ihr steht in einem Andenken bey unserm Hofe, das nicht zu sagen ist.

Ubald.

Das wird nicht lange dauren.

Gundelfinger.

So lang ihr lebt! und nach eurem Tod wird es heller blinken, als die meßingene Buchstaben auf einem Grabstein.

Ubald.

Ich bleib ja nicht an eurem Hofe.

D 2 Gun-

Gundelfinger.

Nicht an unserm Hofe? Das wäre viel. Wenn ihr wüßtet, was ich weis. Erst vor einer Viertelstunde sagte unser Graf zu den anwesenden Rittern: ich kann den Bundeshauptmann nicht entbehren.

Ubald.

Er wird es lernen müssen.

Gundelfinger.

Ja, die schöne Agnes. Es ist der Zunge so wenig möglich, eine Linie ihrer Vollkommenheiten auszudrücken, da das Auge sogar in ihrer Gegenwart sich nicht selbst genug ist.

Ubald.

Du bist nicht gescheidt.

Gundelfinger.

Das kann wohl seyn. Das erstemal als ich an unsern Hof kam, und sie sahe, hatte ich nicht mehr Sinne als ein Trunkener. Oder vielmehr kann ich sagen, ich fühlte in dem Augenblick, wie es den Heiligen bey himmlischen Erscheinungen seyn mag. Alle Sinnen stärker, höher, vollkommener, und doch den Gebrauch von keinem.

Ubald.

Das ist seltsam.

Gun=

Gundelfinger.

Wie mich vor ein paar Tagen ihr Vater zu euch schickte, um euch zum Thurnier zu berufen, saß sie bey ihm. Sie spielten Schach. Er war sehr gnädig, reichte mir seine Hand zu küssen, und sagte mir vieles, davon ich nichts vernahm. Denn ich sahe auf seine Tochter, welche ihr Auge auf das Brett geheftet hatte, als wenn sie einem großen Streich nachsäume. Ein feiner laurender Zug um Mund und Wange! Ich hätte der elfenbeinerne König seyn mögen. Hoheit und Freundlichkeit herrschten auf ihrer Stirne. Und das blendende Licht des Angesichts und des Busens wie es von den finstern Haaren erhoben ward!

Ubald.

Du bist gar drüber zum Dichter geworden.

Gundelfinger.

So fühle ich denn in dem Augenblick, was den Dichter macht, ein volles, ganz von einer Empfindung volles Herz. Wie der Graf endigte und ich mich neigte, sah sie mich an, und sagte: auch von mir einen Gruß an Ubald unbekannterweise! Sag ihm, er mag ja bald kommen. Es warten neue Freunde auf ihn, er soll sie nicht verachten, wenn er schon an alten so reich ist. Wie ich gehen

D 3 wollte,

wöllte, warf der Graf einen Bauren herunter, ich fuhr darnach, und berührte im Aufheben den Saum ihres Kleides, das fuhr mir durch alle Glieder, und ich weis nicht, wie ich zur Thüre hinaus gekommen bin.

Ubald.

Agnes ist schön, außerordentlich schön, das ist wahr. Aber auf mich macht sie eine viel schwächere Wirkung.

Gundelfinger.

Und das gewiß blos deswegen, weil ihr so gut als verheurathet seyd.

Ubald.

Wollte ich wäre es schon. Meine sanfte Johanna wird das Glück meines Lebens machen. Ihre süße Seele bildet sich in ihren blauen Augen. Und weiß wie ein Engel des Himmels, gebildet aus Unschuld und Liebe, leitet sie mein Herz zur Ruhe und Glückseligkeit. Morgen packe ich zusammen! Und dann auf Johannens Schloß!

Gundelfinger.

Da sey Gott für, wollen das beste hoffen. Johanna ist liebreich und schön, wie ich selbst gesehen habe. In ihren Augen ist Trost, gesellschaftliche Melankolie -- Aber um dich, göttliche Agnes!

ist

ist Leben, Feuer, Muth — Ich würde! — Ich
bin ein Narr -- dazu machte mich ein Blick von
ihr — Bald hätte, ich vergessen, euch zu sagen, daß
der Graf was nothwendiges mit euch zu sprechen
hat, und euch in einer Viertelstunde erwartet.

Ubald.

Ich werde erscheinen.

(Gundelfinger geht ab)

Sechster Auftritt.

Ubald.

(in tiefen Gedanken auf und abgehend)

Was der Graf wohl mit mir sprechen will —
Wie? -- wenn es möglich wäre — wenn ich gar
seine Tochter bekommen könnte? -- -- Die einer
Gottheit gleichende Agnes, die mir immer vor Augen schwebt, deren Blicke, als sie mir den güldnen
Harnisch aufsetzte, so tief -- so tief in mein Herz
gedrungen, daß es jetzt einzig und allein voll Be-
wunderung, voll Liebe für sie schlägt. -- Was soll
aber aus deiner Johanna werden? -- Da, da faßt
es mich wieder mit all der schröcklichen Verwor-
renheit! -- So kalt, so graß liegt alles vor mir --
als wäre die Welt nichts -- ich hätte darinnen
nichts verschuldet — Verschuldet? -- Was hat sie

D 4   an

an mir zu fordern? -- Nichts -- nichts! -- Untreu werde ich ihr ja nicht, denn ich bin mit ihr noch nicht gesetzmäßig verlobt -- Wo bleiben aber die Schwüre, die so theure Versicherungen, sie beständig zu lieben! -- Ha! Wer betrügt sich nicht Einmal in seinem Leben? -- Wer schwört nicht oft in der Hitze seiner Leidenschaft? -- Daß ich Mitleid habe mit Johanna, von der ich weiß, daß sie mich liebt, ist ja natürlich -- aber noch mehr Mitleid muß ich ja auch mit meinem eigenen Herzen haben, das jetzt nur für die schöne Agnes schlägt -- Johanna, ein gutes, liebes Mädchen, das für mich, meine Ritter und Knechte ein gutes Mahl bereiten würde, wenn wir ermattet vom Streite nach Hause kämen -- Aber Agnes, merke dir es, Ubald! Agnes! eine Heldinn, die mit dir in den Kampf ziehen, an deiner Seite streiten und dich zu größerm Muth anfeuern würde. Welch ein himmelgroßer Unterschied zwischen Johanna und Agnes! Ganz natürlich ist es also, wenn ich die Heldinn vorziehe, und das Landmädchen hintansetze. -- Johanna wird mich gewiß eben so vergessen, wie ich sie vergesse -- und so wie ich im Kampfe noch ganz Liebe für sie war, und ein Blick der großen Agnes mich ihr entriß, so kann und

wird

wird es ihr ja eben so gehen. — Und so kann sie
mir ja keine Vorwürfe machen. -- --

Siebenter Auftritt.

Ubald. Weislinger.

Weislinger.

Nun, wie gefällt dir es hier an Eberhards
Hofe?

Ubald.

Herrlich!

Weislinger.

Und Agnes?

Ubald.

Der Engel in Mädchengestalt, wen sollte die
nicht rühren. Wenn sie einen ansieht, ist es ja
nicht anders, als wenn man in der Frühlingssonne
stünde.

Weislinger.

Also gefällt sie dir wohl?

Ubald.

Ja, ich gestehe dir es aufrichtig, ausserordentlich wohl!

Weislinger.

Hast du Absichten auf sie?

D 5   Ubald.

Ubald.

Was das für eine Frage ist! Sage, wäre dein Ubald nicht der glücklichste Ritter auf Gottes Erdboden, wenn er Eberhards Tochter zum Weibe bekäme?

Weislinger.

In allwege. Ueberhaupt freut es mich inniglich, wenn ich den Weg ansehe, den du mit so grossem Ruhm zurückgelegt hast, und zwar an einem Hofe, wo es unter dem Gedränge äusserst tapferer Ritter so schwer hält, sich bemerken zu machen. Geliebt von der allerschönsten Fürstentochter, geehrt von Eberhard und seinem ganzen Hofstaat durch deine erwiesene Tapferkeit! Tochtermann des Grafen Eberhard! Ubald! das muß dich alles anspornen! Hinauf also! hinauf! Es kostet ja nicht die geringste Mühe und List!

Ubald.

Doch kann ich die Erinnerung nicht los werden, daß ich Johannen verlassen -- hintergangen habe, nenn es wie du willst.

Weislinger.

Da du Johannen lieb gewonnen, das war natürlich, daß du ihr die Ehe versprachst, war eine Narrheit, und wenn du Wort gehalten hättest, wäre es gar Raserey gewesen.

Ubald.

Ubald.

Siehe, ich begreife mich selbst nicht. Ich liebte sie warlich, sie zog mich an, sie hielt mich, und wie ich zu ihren Füßen saß, schwur ich ihr, schwur ich mir, daß es ewig so seyn sollte, daß ich der Ihrige seyn wollte, sobald ich vom Thurnier zurückkommen würde -- Und nun, Weißlinger! daß man so veränderlich ist.

Weislinger.

Wenn man beständig wäre, wollte ich mich verwundern. Siehe doch, verändert sich nicht alles in der Welt, warum sollten unsere Leidenschaften bleiben. Sey du ruhig, sie ist nicht das erste verlaßene Mädchen, und nicht das erste, das sich getröstet hat.

Ubald.

Aber ihr Vater -- ihr Vater!

Weislinger.

Vor dem wird sich wohl Ubald nicht fürchten. Mache nur, daß du dich bald zu dem erwünschten Ziel aufschwingst, und wenn ich dir rathen soll, so gehe jetzt zum Grafen, entdecke ihm deine Liebe zu seiner Tochter, das übrige wird sich schon von selbst geben.

Ubald.

no

Ubald.

Kaum ehe du zu mir kamest, schickte er den Gundelfinger an mich, ich möchte zu ihm kommen.

Weislinger.

Desto besser, desto besser — (gehen ab)

Achter Auftritt.

Waldung. Im Hintergrund eine kleine Laube mit Rosen.

Johanna.

Du blühest schön, schöner als sonst, liebe Stätte, wo ich den, den meine Seele liebt, erwarte — Sonne des Himmels scheine herein, damit alles licht und offen um mich her ist, und mich des freue! — Er ist wieder da! — Er ist wieder da! — Und in einem Wink steht rings um mich die Schöpfung liebevoll — und ich bin ganz Leben — und neues, wärmeres, glühenderes Leben will ich von seinen Lippen trinken! — zu ihm — bey ihm — mit ihm in bleibender Kraft wohnen. — Ubald! — Er kommt! Horch! — Nein noch nicht! — Hier sollst du mich finden, hier an diesem Rosenaltar, unter diesen Rosenzweigen, wo ich den Tag des Thurniers mit Fasten und — Beten für dein

Wohl

Wohl feyerte, und emsig nachrechnete, wenn du wieder eintreffen könntest! -- Diese Knöspgen will ich dir brechen -- hier! hier! -- Und dann führe ich dich in diese Laube. Wohl, wohl war es, daß ich sie doch, so jung sie ist, für Zwey eingerichtet habe. -- Kömmst du nur! Ach kömmst du nur! -- Doch ich sehe ja von weitem Staub — Vielleicht kommt er selbst, oder ich kann wenigstens von diesen Leuten einige Nachricht von meinem geliebten Ubald erhalten.

Neunter Auftritt.

Johanna. Ein vorüberziehender fremder Ritter, mit seinem Schildknappe und Knechten.

Johanna.

Ehrenvester Ritter, verzeiht meine Neugierde! Wo kommt ihr her?

Ritter.

Edle Dame! ich komme vom Thurniere, das der Graf Eberhard seiner Tochter zu Ehren gab.

Johanna.

Wer kämpfte am besten? Wer erwarb den güldenen Harnisch?

Ritter.

Ritter.

Der tapfere Ubald, Bundeshauptmann des berühmten Löwenbundes, und Schirmer der Vesten, die rings umher liegen.

Johanna.

(bestürzt, und mit glühendem Gesichte) Ubald — mein Ubald der Sieger? Zog er vor euch aus? Oder hielten ihn Feste, dem Sieger zu Ehren, noch zurück?

Ritter.

Keines von beyden, er —

Johanna.

Oder ist er verwundet? krank? Wohl gar —

Ritter.

Nein, edle Dame! er machte nur mit einem Stein zwey Würfe, gewann den Preis, und noch obendrein des Grafen Tochter zum Lohne. Doch verzeiht! Meine Dame harrt meiner! Gott und Maria mit euch! (geht mit seinen Knechten ab)

Johanna.

(ihm nachschreyend) Was saget ihr? Erklärt mir es deutlicher! (den letzten seiner Knechte bey der Hand nehmend) O guter, lieber Mann! Was sagte dein Herr? Ubald — mein Ubald des Grafen Tochter zum Lohne?

Knecht.

Knecht.

Ja, edle Dame! Mein Herr log nie! ich selbst sah es, wie Ubald beym Thurnier mit Agnesen liebäugelte, und hörte den Grafen zu den anwesenden Rittern selbst sagen: Es könnte ein schönes Paar abgeben! wenn ihr etwann auf ihn harret, wenn er euch den Preis des Thurniers versprach, so wartet ihr vergebens. (bey diesen Worten fällt Johanna ohnmächtig in die Arme des Knechts.)

Knecht.

Hülfe! Hülfe! (er bringt sie auf einen Sitz)

Zehnter Auftritt.

___

Gertraud. (welche von weitem alles mit angehört.) **Johanna.**

Gertraud.

Seht! seht! den Engel! Er wird doch nicht dahin seyn. (Gertraud und der Knecht bemühen sich um sie)

Knecht.

Sie erholt sich.

Gertraud.

Gott und Maria sey tausendfältiger Dank!

Jo-

Johanna.

Wer? Wer? — (aufstehend) Wo ist er? (sie
sinkt zurück, sieht. die an, die sich um sie bemühen)
Dank euch! Dank! — Wer bist du? —

Gertraud.

Beruhige dich! deine Gertraud ist es. (der
Knecht geht ab) Beste, Liebste! Ich schließe dich
Engel an mein Herz!

Johanna.

Sage mir — Es liegt tief in meiner Seele
— Ich muß! ich will hinaus in die weite Welt!
Wohin? Ach wohin? (aufspringend und verwirrt
auf und abgehend) Sind das meine Bäume die ich
pflanzte, die ich erzog? Warum in dem Augenblick
mir alles so fremd wird? — Verstoßen! — verloren! — Verloren auf ewig! Ubald! Ubald! .

Gertraud.

Um Gottes und aller Heiligen Barmherzigkeit!
Beruhige dich!

Johanna.

Lasse mich! Siehe, es drängt sich eine Welt
voll Verwirrung und Quaal in meine Seele, und
füllt sie ganz mit unsäglichen Schmerzen. — Es ist
unmöglich! — unmöglich! — So auf einmal! —
Ist nicht zu fassen, nicht zu tragen! (sie steht eine
Weile niedersehend still, in sich gekehrt)

Ger-

Gertraud.

Barmherziger Gott! sehe herab auf sie, und ihre Verwirrung, ihr Elend! – Stärke sie! –

Johanna.

Von dir verbannt seyn? – verbannt seyn! – Du bist stumpf! Gott sey Dank! dein Gehirn ist verwüstet; du kannst ihn nicht fassen den Gedanken: Verbannt seyn! Du würdest wahnsinnig werden! – Nun! – O mir wird schwindlich! – Lebe wohl, Ubald! – Lebe wohl! – Nimmer wieder sehen? – Es ist ein dumpfer Todenblick in dem Gefühl! Nicht wieder sehen? – Fort! (geht in die Laube und holt sein Portrait heraus) Und dich soll ich zurücklassen? – O daß ich ohne Gedanken wäre! daß ich in dumpfen Schlaf, daß ich in hinreissenden Thränen mein Leben hingäbe! – Das ist, und wird seyn? – du bist elend! – (das Portrait starr anschauend) Ha, Ubald! da du zu mir tratst, und mein Herz dir entgegen sprang, fühltest du nicht das Vertrauen auf deine Treue, deine Güte? – Fühltest du nicht, welch Heiligthum sich dir eröfnete, als sich mein Herz gegen dich aufschloß? – Und du bebtest nicht vor mir zurück? Versanktst nicht? Entflohst nicht! – Du konntest mein Glück, mein Leben, so zum Zeitvertreib zer-

E   pflücken,

pflücken, und am Weg gedankenlos hinstreuen! — Siegreicher Ubald! — Ha siegreicher Ubald! Meine Jugend! — meine goldne Tage! — Und du trägst die tiefe Tücke im Herzen! heurathest Agnes, und mich verläßt du! Umsonst zitterten mir nicht alle meine Gebeine, als du Abschied von mir nahmest! (das Portrait noch einmal anschauend) So groß! so schmeichelnd! — Der Blick war es, der mich ins Verderben riß — Ich hasse dich! Weg! wende dich weg Verderber! — (zu Gertraud) Halt mich! trag mich! ich gehe zu Grunde!

Gertraud.

Liebe, beste Johanna! erhole dich! nur einen Augenblick, erhole dich! Glaube, daß, der in unser Herz diese Gefühle legte, die uns oft so elend machen, auch Trost und Hülfe dafür bereiten kann!

Johanna.

An deinem Hals laß mich sterben!

Gertraud.

Komm nur! (führt Johannen in ihren Arm haltend, sachte ab)

Vierter

Vierter Aufzug.

Zimmer des Grafen.

Erster Auftritt.
Eberhard. Ubald.

Eberhard.

So, wie mir der Gundelfinger sagte, ist ja Ubald schon so gut als verheurathet?

Ubald.

Nicht einmal noch gesetzmäßig verlobet, das schwöre ich euch, als Tundshauptmann des berühmten Löwenbundes!

Eberhard.

Gut! — Von dieser Seite hättest du also nichts zu besorgen?

Ubald.
Nicht das allermindeste.

Eberhard.

Fühlst du eine Neigung zu meiner Tochter?

Ubald.

Der allerglücklichste Ritter auf Gottes Erdboden würde ich seyn, wenn ich mir auch nur die allerentfernste Hofnung auf Agnesen machen dürfte.

Eberhard.

Sie soll dein seyn, denn du bist ihrer würdig,

E 2
du

du follst mit ihr mein Land erben, denn deine auß-
erordentliche Tapferkeit verdient es. Komme jetzt
zu meiner Tochter, laß uns hören, ob sie eben so
wie ich denkt.

Zweyter Auftritt.
Zimmer der Agnes.

Agnes. Eberhard.

Agnes.

Wie soll ich euch empfangen? Wie kommt
ihr? Als Vater oder als Herr?

Eberhard.

Als Herr, der unbedingten Gehorsam von der
ersten seiner Unterthanen fordert.

Agnes.

Ich bin also ausgeschlagen! verworfen! das
deutsche Mädchen fühlt diesen Schimpf, und wird
ihn rächen.

Eberhard.
Und die Fürstentochter?
Agnes.

Wird, muß gehorchen! Doch wünschte sie
vom Vater zu erfahren: Ob er es ihm auch wirklich so nahe legte, daß er es begreifen konnte, sie
sey es, die er ausschlug, deren Hand er verwarf?

Eber-

Eberhard.

Er soll dir es sagen, wenn er mit dir reden wird. Aber jetzt antworte: Willst du jeden Fürsten, Grafen und Ritter, er heiße wie er heiße, er sey Ubald oder nicht, von meiner Hand als deinen Gemahl annehmen?

Agnes.

Wenn er mich an dem Stolzen rächt! Ja!

Eberhard.

Ja? So rasch, so schnell ausgesprochen! Ueberlege dies wichtige Ja gut! Ich will es noch nicht als gesagt annehmen, und frage dich zum zweytenmale?

Agnes.

Ich habe nichts zu überlegen, wenn ich unbedingt gehorchen muß, und habe dennoch eine Bedingung hinzugesetzet, die der billige Fürst billigen wird.

Eberhard.

Wohl, ich gehe sie ein! Nur müssen wir hören: Ob der Liebhaber auch Muth genug hat, einen Gang mit dem Löwenritter zu wagen?

Agnes.

Sehr schwerlich.

E 3 Eber-

Eberhard.

Steht zu erfahren! (Eberhard geht hinaus und tritt mit Ubalden gleich wiederum ins Zimmer.)

Dritter Auftritt.

Eberhard. Agnes. Ubald.

Agnes.

Gott! mein Ubald?

Ubald.

Mein! Agnes? (fallen einander in die Arme, und bleiben einige Minuten in einer entzückenden Umarmung.)

Eberhard.

Vor zwanzig Jahren hatte ich just den nämlichen Rausch. Gott gebe nur, daß er lange dauren möge.

Agnes.

Mein Vater!

Ubald.

Mein Vater! (beyde fallen dem Eberhard zu Füssen, und umarmen seine Knie)

Eberhard.

Hier fasse ich eure Hände. Laßt von diesem Augenblick an, unverbrüchliche Liebe, Freundschaft und

und Vertrauen, gleich einem ewigen Gesetz der
Natur, unveränderlich unter euch seyn. Darf ich
Ja für dich sagen, Agnes?

Agnes.

Bestimmt meine Antwort nach dem Werthe
seiner Verbindung mit euch?

Eberhard.

Es ist ein Glück, daß unsere Vortheile dies-
mal mit einander gehen. Ich bekomme einen
ausserordentlich tapfern Tochtermann, und du den
liebenswürdigsten Mann. Du brauchst nicht roth
zu werden. Deine Blicke sind Beweis genug. Ja
den Ubald! Gebt euch die Hände, und so sprech
ich Amen! — Du siehst nicht ganz frey Ubald!
Was fehlt Dir?

Ubald.

Ich — bin ganz glücklich; was ich nur träumend hoffte, sehe ich, und bin wie träumend. Es
ist zu viel für mein Herz.

Eberhard.

Morgen soll euer Vermählungstag seyn. Ich
gehe, um die darzu erforderlichen Anstalten zu treffen. (Agnes und Ubald küssen ihm die Hände,
worauf er abgeht)

Vier=

Vierter Auftritt.

Agnes. Ubald.

Ubald.

Agnes mein? — o ich kann, ich kann noch nicht reden — noch nicht! immer nur noch wonne-trunken an deinen Busen hinsinken; dich ansehen; hängen an deinem liebevollen Blicke; küssen die edle, die liebe Hand; sie halten, fest halten, denn sie ist mein, mein!

Agnes.

Dein! weil ich sie dir gab; weil sie dir mein Vater gab; weil du sie durch deine ausserordent-liche Tapferkeit verdientest; weil du sie nahmst.

Ubald.

Ich fühle mit Uebermaaß mein Glück — da bin ich umarmet von dir, und nenne dich mein.

Agnes.

Auch Ubald ist mein — Du warst, du bist der Einzige! geschaffen zu meiner Liebe.

Ubald.

Und doch tief unter dir gebohren.

Agnes.

Tief unter mir gebohren? Ein Bundeshaupt-mann des berühmten Löwenbundes, ist ja wohl

noch

noch würdig, die Hand einer Grafentochter zu erhalten.

Ubald.

Zu viel Schmeicheley. Dich sehen, und dich lieben, war nur ein Augenblick bey mir.

Agnes.

Doch sahst du so ernst, so feyerlich, als ich dir den güldenen Helm aufsetzte, und ungewandt mein Blick an deiner bezaubernden Schönheit hieng.

Ubald.

O hättest du mein Herz sehen können, wie gepreßt es in meiner damals geschränkten Brust geschlagen hatte; wie der sonst so tapfere Ubald nicht wußte, wie ihm geschah; wie er so erschrocken zusammenfuhr, wenn dein glühendes Aug ihn traf, und dann doch wieder schüchtern aufblickte, und Agnesen in jeder Stellung gierig verfolgte.

Agnes.

O lieber Ubald! — und wie ward es mir, als ich vom Thurnier in meines Vaters Burg zurückkehrte. Wo ich gieng und stund; wo ich hindachte und hinsahe, stande der Bundeshauptmann Ubald vor mir. Ubald der morgen —

Ubald.

Durch unzertrennliche Bande auf ewig mit
sei-

seiner geliebten Agnes verbunden wird.

Agnes.

Und Johanna, die Tochter des Ritters Benno?

Ubald.

Die mag einen andern heurathen. Meine Augen wählten sie, nicht mein Herz.

Agnes.

Und doch bebe ich, wenn ich an sie denke; es wird schwarz, finster, eiskalt um mich her.

Ubald.

Was kann Johanna gegen Agnes? Was ihr Vater gegen Gott, in dessen Angesicht wir morgen verbunden werden?

Fünfter Auftritt.

Gundelfinger. Ubald. Agnes.

Gundelfinger.

Verzeiht, daß ich vielleicht zur ungelegenen Zeit komme, es ist ein alter Ritter mit seinem Schildknappen angekommen, der möchte euch unverzüglich sprechen.

Agnes.

Gott! Wenn meine Ahndung in Erfüllung gienge.

Ubald.

Ubald.

Fürchte nichts, liebe Agnes! — Er soll hereinkommen, der Ritter.

Agnes.

Ich will mich inzwischen entfernen. Fertige ihn bald ab.

Ubald.

So geschwind als möglich. Und dann wiederum in deine Arme. (Agnes entfernt sich)

Sechster Auftritt.

Ubald. Benno (in der Rüstung eines Ritters.) Johanna (in der Rüstung eines Schildknappens.)

Ubald.

Willkommen, obschon unbekannter Ritter! Was steht zu euren Diensten?

Benno.

Ich wollte euch um euren Beystand bitten.

Ubald.

Der Bundshauptmann des berühmten Löwenbundes macht sich das größte Vergnügen daraus, wenn er euch dienen kann. Nun zur Sache!

Benno.

Ein alter deutscher Ritter hatte eine einzige Toch-

Tochter. Ein schlanker, schöner, junger Ritter, welcher veste Schlösser, viele Reißige, Knechte, und eine große Zahl Leibeigner besaß, sah diese aufblühende Rose, und liebte sie heftig. Mit allem Prunke umgeben, zog er am andern Tage auf des alten Ritters Schloß, und warb um seine Tochter. Sie ist zur Gattinn noch zu jung, sprach der Vater, das weißt und siehst du selbst; aber sollte ich weit und breit einen Gemahl für sie suchen, unter allen Rittern den mir gefälligsten wählen, so würde die Wahl dich treffen. Willst du noch drey Jahre harren, dann ist meine Tochter mannbar, und denkt sie um diese Zeit wie ich, so werde ich dich mit Freuden als Sohn umarmen. Der junge Ritter erwiederte: Deine Tochter ist ein Schatz, auf den ich nicht drey, sondern sechs Jahre harren will, wenn ich nur am Ende Meister des Schatzes werde. Sie ist schon in dem Alter, in welchem sie sagen und unterscheiden kann: Ob ihr ein Gesicht wie das meinige gefällt? Lasse mich heute und morgen mit ihr reden, und frage sie dann: Ob ich hoffen darf?

Ubald.

Der Alte wird ohne Zweifel diesen Vorschlag mit Freuden angenommen haben?

Benno.

Benno.

Ja! er bewirthete seinen Gast aufs herr-
lichste, und der junge Ritter sprach viel mit seiner
Tochter. Als er wieder fortzog, suchte die Tochter
vergebens ihre Thränen zu verbergen, und gestand
endlich nach vielem Zureden ihres Vaters, mit
jungfräulicher Scham, daß ihr der Ritter nicht
gleichgültig, daß er der Mann sey, den sie lieben
könne, wirklich schon liebe. Der Ritter feyerte den
Tag hoch, an dem er diese frohe Nachricht vom
Vater hörte. Er besuchte seine Geliebte oft, und
wurde bald von ihr mit aller Innbrunst, mit dem
ersten anbrausenden Jugendfeuer geliebt. Ihr
Ritter erwiederte diese Liebe mit gleicher Stärke.
Ihr Wink war sein Gebot, ihr Wille sein Befehl.
Er hörte gleich Anfangs von ihr, daß sie den tapfern Mann besonders schätze, und er war bald der
tapferste Ritter der ganzen weiten Gegend. Die
Ritter eines berühmten Bundes nahmen ihn in
ihre Gesellschaft auf, bey ihrer ersten Versammlung
wurde er zu ihrem Bundeshauptmann erwählet.

Ubald.

(Es entfährt ihm ein tiefer Seufzer, den er
zu verbergen sucht, und ganz außer sich ist.)

Benno.

Schon war das dritte Jahr seines Harrens
ver-

verfloſſen, ſchon machte er auf ſeiner Beſte Anſtalt,
ſeine Braut anſtändig bewillkommen zu können,
als der Ruf in der Gegend erſcholl, daß ein gewiſ-
ſer Graf einer einzigen Tochter zu Ehren ein Thurnier halten, und zum erſten Preiſe einen ganz vergüldeten Harniſch ausſetzen würde. Der Ritter
zog hin, ſiegte entſcheidend, ſtieß ſelbſt das Oberhaupt der Ritter mit den Hörnern vom Pferde,
erhielt aus der Hand der jungen Gräfinn den
erſten Dank, und verlobte ſich mit ihr. Seine
ehemalige Geliebte fiel auf dieſe Nachricht in
Konvulſionen, die ihr den Tod drohten. Als ſie
ſich wieder erholte, erzählte ſie ihrem Vater die
offenbare Beſchimpfung, die ihr angethan worden.
Durch dieſe Nachricht äuſſerſt aufgebracht, machte
ſich der Vater auf den Weg, um ſeine ſelbſt eigene
und ſeiner Tochter Beſchimpfung zu rächen, und
der Vater -- bin ich? Ich komme mit aller Ent-
ſchloſſenheit einen Verräther zu entlarven, mit blutigen Zügen ſeine Seele auf ſein Geſicht zu zeich-
nen, und der Verräther -- biſt Du!

Ubald.

Verräther! -- Halt ein, Benno! ſonſt bin ich
gezwungen --

Benno.

Unterbrich mich nicht. Du haſt mir nichts
zu

zu sagen, aber viel von mir zu hören. Erkläre mir also: ob meine Tochter durch irgend eine Treulosigkeit, Leichtsinn, Schwachheit, Unart oder sonst einen Fehler, diese öffentliche Beschimpfung um dich verdient habe.

Ubald.

Nein. Deine Tochter, Johanna, ist ein Mädchen voll Geist, Liebenswürdigkeit und Tugend.

Benno.

Hat sie dir jemals seit ihrem Umgange eine Gelegenheit gegeben, dich über sie zu beklagen, oder sie geringer zu achten?

Ubald.

Nie! Niemals!

Benno.

Wenn du demnach ein Ritter, ein ehrenvester Mann bist, wenn nicht jeder Schildknappe deiner spotten, dich ins Gesicht eine Memme schelten soll, so stehe. Johanna ist meine Tochter! Ich fordre in ihrem Namen Rechenschaft von dir!

Ubald.

Ich streite nicht mit Greisen!

Benno.

Memme! Unedler! Knecht! Sklave stehe und fechte!

Ubald.

Ubald.

So sey es! wie willst du streiten?

Benno.

Wie ein Mann! Auf Tod! Ohne Helm, ohne Schild! (Beyde schnallen ihre Harnische ab, und in wenig Augenblicken fällt der alte Benno durch Ubalds Schwerdt)

Ubald.

Gott! da liegt er also der in seinem Sinn von mir beleidigte, muthige Greis — Ich wollte, daß mich Johanna vergessen, aber nicht, daß sie mir fluchen sollte!

Johanna.

Johanna vergißt den Ubald nicht. (indem sie einen Dolch hervorbringt, und ihm solchen ins Herz stößt) Mörder meines Vaters, wortbrüchige Memme stirb. (indem sie den Dolch aus Ubalds Brust herausreißt, und sich selbst damit ersticht) Gott verzeihe dir, ich kann es nicht!

Siebenter Auftritt.

Agnes.

(indem sie hereinstürzt) Gott! Hülfe, Hülfe, mein Ubald! (fällt in eine Ohnmacht, und stürzt leblos neben ihren Ubald nieder.)

Achter

Achter Auftritt.

**Eberhard. Clotilde. Ritter. Wache.
Ein Wundarzt.**

Eberhard.

Gott! meine Agnes, meine Agnes! Clotilde steh ihr bey!

Wundarzt.

Sie erholt sich.

Clotilde.

Sie lebt.

Eberhard.

Agnes, liebe Agnes!

Agnes.

Mein Vater! Hülfe für Ubald!

Eberhard.

Wünsche ihm lieber den Tod, da er durch eine todte, edle Dame unauslöschlich mit Schande gebrandmarkt worden, und sie nach den Gesetzen der Ritterschaft nicht mehr abwaschen kann.

Wundarzt.

(zu Bennos und Johannens Leichname sich hinwendend) Bey diesen beyden Unglücklichen findet keine Hülfe mehr statt.

Eberhard.

Man trage den Leichnam des ehrwürdigen, tapfern Greisens, und den Leichnam seiner unglück-

F   lichen

lichen Tochter hinweg.   Ihre Beerdigung will ich
beforgen.   (man trägt fie bey Seite)

Agnes.

(zum Wundarzt)   Aber bey meinem Ubald,
finden doch noch Rettungsmittel ftatt?

Wundarzt.

(nachdem Ubald auf ein Kanapee gelegt worden, und er fich die größte Mühe gegeben, ihn
wieder zum Leben zu bringen.) Es ift ungewiß,
ob bey der vorgefundenen fo tiefen Wunde meine
kräftigften Mittel ihm das Bewußtfeyn wieder
fchaffen können, und wenn es auch möglich ift, fo
gefchieht es höchftens für wenige Minuten.

Agnes.

Spare keine Mühe, und mache, daß wenig-
ftens noch einmal fein Auge mich anblicke; wenig-
ftens ein Wort aus feinem Munde mich tröfte!
(nach vielen wiederholten Bemühungen, erholt fich
Ubald ein wenig wieder. Agnes thut einen freu-
digen Schrey, und ergreift feine krämpfende Hand)

Ubald.

(fich windend, und nach einem tiefen Seufzer) Ha! ift es möglich! -- Gütiger Himmel! --
Wer -- wer weit mich zu -- neuen Schmerzen.

Agnes.

Ubald! Mein Theurer! Mein Leben!

Ubald.

Ubald.

Auch du da — Wo bin ich? — Auch du? Vergieb mir theure Agnes! Laß mit meinem Tode auch meine Schuld —

Agnes.

O keine, keine Schuld! daß ich sterben könnte für dich!

Ubald.

Nein, Agnes! — nicht schmerzlicher den Abschied — Gott, mein Herz! — nicht schmerzlicher den Abschied — durch dies Uebermaas von Tugend — deine Verzeihung nur — höchstens deine Vorbitte, du Heilige! — (Zuckungen) Gott! Mutter Gottes! Mein Herz — die Glut in ihm — (sein Haupt erhebend) Agnes, noch diesen blutigen Abschiedskuß! — (sinkt zurück) Und nun lebe wohl! Le — (neue Zuckungen die ihn weiter zu sprechen hindern) Jesus! Vergieb! —   (er stirbt)

Agnes.

(sich auf ihn werfend, ihn umarmend) Nimm mich mit dir! (Man reißt sie los, sie sinkt ohnmächtig hin, und kömmt erst nach einer langen Weile wieder zu sich) Wo ist er? Wo? — Ha! hier! hier so kalt und starr! — (zum Wundarzt) Also ganz todt? ganz?

F 2   Wund-

Wundarzt.

(die Achseln zuckend) Ich bedaure.

Agnes.

(seine Hand ergreifend) Ubald! Ubald!
Ganz todt! -- ganz! -- So früh geendet, und
so blutig! -- So blutig und so schändlich! (sie
schweigt eine Weile, und wendet sich hastig zu
ihrem Vater) Wo er jetzt seyn mag?

Eberhard.

Wer?

Agnes.

Ubald! -- Nicht dieser Leichnam! der eigent-
liche Ubald?

Eberhard.

(mit ängstlichem Blick auf den Wundarzt)
Guter Gott! sie wird doch nicht --

Wundarzt.

Wohl möglich! Ein solches Schrecken.

Agnes. (mit scherzhaftem Lächeln)

Seyd ruhig, und fürchtet euch nicht! Ich
weiß, was ich fühle; weiß, was ich sage! -- Wo
er jetzt seyn mag, dieser so früh entflohne Geist? --
(mit entschloßnem Tone) Sey er wo er wolle;
wenn er noch hören kann, so höre er! Höre aus
seinem Orte der Prüfung oder der Vollendung!
Endlose Quaal sey mein Loos, Schmach mein,
Name

Name; wenn je ein Mann weiter sich auch nur eines freundlichen Blickes von mir rühmen kann. (sie richtet sich hoch empor, wischt die Thränen sich aus dem Auge, und sieht dann mit kaltem starren Blick auf Ubalds Leichnam hinab) — Du hast Recht! (zum Wundarzt) Er ist todt! -- (Stumm heftet sie ihr Auge einige Minuten auf ihn, auf einmal biegt sie sich herab und küßt seinen eiskalten Mund) Ich darf das! ich darf das! denn ich bin rein an seinem Tode, an seinem Blute, und der Himmel kennt die Wahrheit meines Anerbietens, hier zu liegen vor ihm, wenn er auflebte -- Aber, daß stets dies Gefühl bleibe, wie es jetzt ist, verzeih, blutiger Leichnam, ich muß dich berauben -- (Sie schneidet die größte Locke am Nacken, über und über mit Blut besprützt ab) — Du warst einst schwarz und seiden; vor einer Stunde habe ich noch mit dir gespielt. Jezt spiele ich nicht mehr. Das Blut hat deine Farbe verändert, hat dich starr gemacht. Sey mein Armband hinführo, aber keine Thräne falle je herab auf dich, daß sie das Blut von dir nicht abwische. (sie küßt ihn noch einmal. Zu Clotilde) Nun begleite mich auf mein Zimmer! (Clotilde will sie unterstützen) Ich kann schon allein gehen, habe Kräfte genug, und bedarf noch der Kräfte.

(Ehe

(ehe sie hineingeht, wendet sie sich nochmals gegen Ubalds Leichnam) Du fühlst es doch nicht, wenn ich noch einen Kuß dir zuwerfe! Aber da droben siehst du es vielleicht.　　　　(geht hinein)

Eberhard.

(zu den anwesenden Rittern) Man mache schleunige Anstalten zu einer ihrem Stande angemessenen Beerdigung.　　　　(gehen ab)

Fünfter Aufzug.
Erster Auftritt.
Eine Wirthsstube.

Hans.　Michel.　Kätchen.
Hans.

Kätchen, noch ein Glas Brandewein, und meß christlich.

Kätchen.
Du bist der Nimmersatt.

Michel.

Ja, Hans! ich behaupte es noch einmal, Geister und Kobolde sind nur eine Erfindung der alten Weiber.

Hans.
Aber gewiß war es doch, daß ein Poltergeist in unserm Schlosse regierte.

Michel.

Michel.

Ein Poltergeist?

Hans.

Ja, sage ich dir, ein Poltergeist! Veit, unser alter Hirt hat es mir viel dutzendmal schon erzählt. Und horch nur jezt, was sich alles fügte. Es war in Kriegszeiten, sagte Veit: als spät am Abend, eben in der heiligen Thomasnacht ein alter Offizier kam, der sich im Wirthshause einquartieren wollte; allein es war alles besezt, und er fand keinen Plaz! Das Wetter war kalt, und es stürmte und schneyte, daß es nicht fortzukommen war. Die Bauern aßen Käs und rauchten schwarzen Toback, daß es in der Zechstube stank wie die Pest. Beym Element fieng der Offizier an, habt ihr dann keine Hundshütte, wo ich bey euch übernachten kann: ich wollte mir da ein Strohlager zurecht richten lassen, aber ich wollte lieber beym Teufel wohnen, als da bey diesem Höllengestanke. Wenn sie Lust haben, sagte der Wirth: beym Teufel zu wohnen, so finden sie noch Plaz genug, sie dürfen nur ins alte Schloß hinauf gehen, da finden sie guten Plaz, aber Gott segne ihnen ihre Nachtherberg. Der Offizier ließ sich hierauf den Weg weisen, und kampirte im ersten besten Zimmer im Schlosse, wo er durch ein Fenster in die

F 4   alte

alte Schloßkapelle hinabsehen konnte. Um Mitter-
nacht hörte er ein schreckliches Gerassel, er sah in
die Kapelle hinab, und fand, daß sie durchgehends
beleuchtet war. Der große an der Mauer befind-
liche Grabstein, öffnete sich von sich selbst, und
ein von Fuß auf geharnischter Mann trat aus
dem Grabe, der Offizier wollte seinen Augen nicht
glauben, er nahm seine Blendlaterne, und gieng
in die Kapelle. Ganz über seine Erwartung war
es, daß er wirklich den Grabstein offen fand: er
sah in die Oeffnung, und eine steinerne Treppe
führte ihn in eine Todtenkruft hinunter. Der
Offizier wagte sich hinab, da war ein zinnener
Sarg ohne Deckel, der Offizier legte sich in selben,
nachdem er zuvor seine Laterne zur Seite setzte,
und erwartete den Geist. Nach einer halben
Stunde kam das geharnischte Gespenst zurück, und
näherte sich dem Sarg. Wer bist du? fieng der
Offizier an: und wer berechtiget dich, die Sterblichen in diesen Stunden zu beunruhigen, bleibe
in deinem Grabe, und unterstehe dich nicht mehr,
in dieser Gegend herumzuwandeln, oder ich will
die Knochen deines Skelets zusammenschlagen,
daß dein Harnisch von deinem Gerippe fallen muß.
Wenn du Leute die Nacht durch beunruhigen willst,
so beunruhige die Schlemmer in der Stadt, und

lasse

laſſe den ehrlichen Landmann und den braven
Soldaten ungehudelt. Der Geiſt hob ſeine Hände
aufrecht, du haſt mich erlöſet, ſagte er, denn ich
war verurtheilt herumzuwandeln, bis ein Sterblicher durch außerordentlichen Muth die Stärke ſeiner Herzhaftigkeit zeigen würde. Der Offizier verließ den andern Morgen das Schloß. Seine
Haare waren grau wie Eis, und ſein Bart weis
wie Schnee, er verließ auch bald nachher die
Welt, und begab ſich in ein Mönchskloſter, wo
noch in der Kronik dieſe Geſchichte aufgezeichnet
ſtehen ſoll.

Michel.

Hans! Veit war ein guter Mann, allein in
dieſer Geſchichte ſtecken viele Unwahrſcheinlichkeiten,
es mag wohl was hinter der Sache ſeyn, aber
ſo iſt ſie gewiß nicht, wie du ſie erzählteſt.

Hans.

Wenn du denn gar ſo viel Kourage haſt, ſo
gehe doch mit mir auf den Kirchhof, und klopfe
dort dreymal an dem zur rechten Hand ſtehenden
Todtengewölbe an.

Michel.

Hm, hm, hm, was ſoll das zur Sache thun.

Hans.

Thuſt du dies, Michel, ſo will ich dich füh-

F 5

ren

den muthigsten Kerl im ganzen Dorfe halten, mit
dir an keine Geister glauben, und dir noch obendrein einen neuen Thaler schenken.

Michel.

Bruder Hans, ich gestehe dir es aufrichtig,
ob ich schon nichts fürchte, so mag ich doch auch
nicht gern freveln.

Hans.

Du behauptest es gäbe keine Geister und
Kobolde, und trauest dir nicht einmal an einem
Todtengewölbe anzuklopfen, pfuy schäme dich, bist
ein so grosser Prahler, und hast nicht für einen
Heller Kourage im Leib.

Käthchen.

Gebt den Thaler her, ich thue es.

Michel.

Sey kein Narr, Käthe, thät mich herzlich
dauren, wenn du unglücklich würdest.

Käthchen.

Dafür hast du grosmächtiger Prahlhans schon
ausgesorgt.

Hans.

Genug, Käthe, lasse dich nicht irre machen,
ich versprich dir den Thaler zu zahlen, wenn du
die Wette wirklich erfüllen wirst.

Käthchen.

Kätchen.

Topp, laßt uns gehen.

Zweyter Auftritt.

Ein Kirchhof. Rechter und linker Hand ein mit einer Thüre versehenes Todtengewölbe.

Hans. Michel. Kätchen.

(Kätchen geht mit einer Laterne voran. Hans und Michel schleichen ihr langsam nach. Nachdem Kätchen dreymal an dem zur rechten Hand stehenden Todtengewölbe angeklopft hat, eröffnet sich das Gewölb, ein geharnischter Ritter steigt langsam aus der Todtenbahre und nähert sich der Thüre.)

Michel.

Käthe, beste, liebste Käthe, ich gieb dir einen zweyten Thaler, wenn du dies Gewölbe geschwind wieder zuschlägst.

Kätchen.

Wer ein Narr wäre, gieb nur vorher den Thaler her.

Michel.

Da, nimm hin. (während als Kätchen das Gewölb zuschlagen will, ergreift der Geist Kätchen mit

mit Gewalt bey der Hand, und reißt sie zu sich in das Gewölb hinein. Sie versucht mit Gewalt sich loß zu machen, aber vergebens. Sie bebt, und ist einer Ohnmacht sehr nahe)

Michel.

Heiliger Antoni von Padua, sey ihr und ihrer armen Seele gnädig. (lauft was er kann davon, Hans ihm nach.)

Geist.

(mit dumpfem und düstern Tone) Ich lasse dich nicht!

Kätchen.

Heilige Mutter Gottes! Heiliger Schutzengel, stehe mir bey!

Geist.

(mit noch ernstlicher und schrecklicher Stimme) Ich lasse dich nicht!

Kätchen.

Jesus Christus erbarme dich meiner.

Geist.   (äusserst gräßlich)

Ich lasse dich nicht, bis du meine Bitte erfüllst!

Kätchen.   (zitternd und bebend)

Was soll ich thun?

Geist.

Klopf dort an jenem Todtengewölbe dreymal
an,

an, so wird es sich öffnen. Daselbst wirst du ein
weis gekleidetes Frauenzimmer finden. Diese bitte
für mich um Verzeihung! Willst du es thun?

Kätchen.

Ich will. (sie nähert sich mit größter Angst
dem Todtengewölbe, und klopft dreymal an.
Das Gewölb eröffnet sich. Sie erblickt bey dem
Schein einer düstern Lampe, ein weis gekleidetes
Frauenzimmer, welches an einem Tischgen sitzt,
und in einem grossen Buche liest. Neben ihr
befindet sich eine offene Todtenbahre. Ihr Gesicht
ist blaß, langes, blondes Haar hängt zerstreut über
ihren ganzen Körper, und bedeckt an der linken
Brust nur halb eine tiefe Wunde, aus der rosen-
farbnes Blut quillt, und am Kleide herunterströmt.
Kätchen wirft sich vor dem Geiste nieder und sagt:)
Verzeyh, dem geharnischten Ritter, der in jenem
Todtengewölbe sich befindet, und mich zu dir sendet.

Geist.

(wendet langsam und traurig sein Gesicht
gegen Kätchen, schüttelt dreymal mit dem Kopfe,
und winkt ihr sich zu entfernen. Kätchen geht
traurig aus dem Gewölbe, welches sich sogleich zuschließt, und nähert sich mit Zittern dem ersten
Todtengewölbe.)

Geist.

Geist.

Sie hat mir nicht vergeben! Ich weiß es! Aber der Baum fällt nicht auf den ersten Hieb. Geh noch einmal! bitte, flehe! bitte für dich, für dein Leben! denn kömmst du unerhört zurück, so packe ich dich bey den Haaren, und schleudere dich an die Wand, daß das Gehirn in die Ecke spritzt, und von deinem Frevel noch vierzig Menschenalter mit Schaudern erzählen.

Kätchen.

(schleicht mehr todt als lebendig aufs neue nach dem Gewölbe, klopft dreymal an, und das Gewölb eröfnet sich wiederum) Verzeyhung, für den geharnischten Ritter, der in jenem Todtengewölbe sich befindet, und mich zu dir sendet.

Geist.

(schüttelt wie vorher dreymal mit dem Kopfe, und winkt ihr drohend sich zu entfernen.)

Kätchen.

O so verzeihe ihm wenigstens um meinetwillen! Er wird mich ermorden, zerschmettern, wenn ich ihm nicht deine Verzeihung bringe. Du hast gewiß auch geliebt! Weist was Jugend ist, und Jugend unternimmt! Ich lebte so gerne noch länger! O verzeih, vergieb ihm!

Geist.

Geist.

(seufzet, schüttelt wieder dreymal mit dem Kopfe, und ließt weiter.)

Kätchen.

Grausame, wenn dir mein Leben, mein Tod so gleichgültig ist, so kann es dir, die du ein Weib zu seyn scheinest, doch nicht angenehm seyn, daß der Barbar mit mir ein Kind tödtet, daß ich, allen Menschen verborgen, unter meinem Herzen trage, und dessen Geburtsstunde ich täglich erwarte. Wenn du je Mutter warest, je ihre Liebe zu einem Kinde kanntest, so verzeihe ihm um des armen Würmchen willen, das dich und ihn nie beleidigte, das jetzt durch mich für ihn bittet.

Geist.

(Fährt plötzlich in die Höhe, schlägt freudig das Buch zu, löscht die Lampe aus, und verschwindet, indem sie Kätchen noch einen freundlichen Dank zuwinket. Kaum ihrer Sinne mächtig geht sie aus dem Gewölbe heraus, welches sich plötzlich zuschließt. Als sie sich dem ersten Gewölbe nähert, stürzt der geharnischte Ritter zu ihren Füssen nieder. Kätchen über diese schröckliche Szene äusserst betäubt, fällt gleichfalls in einer Ohnmacht auf die Erde nieder.)

Verzeichnis der Verlags-Bücher, welche bey Philipp Wilhelm Gauth, Buchhändler in Speyer zu haben sind.

Anleitung zur Kenntniß der Rechte, für solche, die keine Rechtsgelehrte sind, 8. Speyer, 1790. 36 kr.

Feddersens Unterhaltungen mit Gott bey besondern Fällen und Zeiten, verbesserte und vermehrte Auflage, 8. ibid. 1790. 1 fl.

Weiß (J. A.) Beantwortung der Preißfrage: Wie können Fleischtaxen in Städten am sichersten bestimmt werden? oder durch welche Verfügungen kann der billigste Preiß des Fleisches bewirkt werden? welche von der königl. Sozietät der Wissenschaften in Göttingen das Akzessit erhalten, 8. ibid. 1788. 10 kr.

Die Entführung oder Ritter Karl von Eichenhorst und Fräulein Gertrude von Hochburg, ein Ritterschauspiel in 4 Aufzügen, 8. ibid. 1790. 15 kr.

Der Zölibat ist aufgehoben, ein Lustspiel in 5 Aufzügen, 8. ibid. 1790. 45 kr.

Robert ohne Land, ein Ritterschauspiel in 4 Aufzügen, aus den Faustrechtszeiten, von G. A. Hofmeister, 8. ibid. 1790. 24 kr.

Das Turnier, oder die glücklichen Freunde, ein Ritterschauspiel in 3 Aufzügen, 8. ibid. 1790. 15 kr.

Johanna Benno, ein Ritterliches Trauerspiel in 5 Aufzügen, nach einer im alten Geschmack beschriebenen Geschichte bearbeitet, 8. ibid. 1790. 18 kr.

Folgende sind unter der Presse.

Der Mönch aus Niederland oder Kaiser Joseph der zweyte, ein Trauerspiel in 5 Aufzügen, von dem Verfasser des Lustspiels; der Zölibat ist aufgehoben, 8. ibid. 1790.

Karl von Brand, ein Trauerspiel in 6 Aufzügen, 8. ibid. 1790.

Der Sekretär oder die verkannte Treue, ein Schauspiel in 5 Aufzügen, 8. ibid. 1790.

Adolph und Minna oder die Täuschung, ein Trauerspiel in 5 Aufzügen, 8. ibid. 179